PETITES BOÎTES

Titre original :
kobako
Éditeur original :
Asahi Shimbun Publications

First published in Japan in 2019 by Asahi Shimbun Publications Inc., Tokyo
French translation rights arranged with Yôko Ogawa
through Japan Foreign-Rights Centre

ISBN 978-2-330-16129-3

YÔKO OGAWA

Petites boîtes

roman traduit du japonais
par Sophie Refle

ACTES SUD

CHAPITRE I

La maison où j'habite était autrefois une école maternelle, et tout y est petit. Tout a une taille adaptée aux petits enfants, les portes, les fenêtres, l'escalier, mais aussi les casiers à chaussures, les pendules murales, les robinets, les tables et chaises, les étagères, les abat-jour des lampes. Les meubles ont des angles arrondis, les interrupteurs sont placés bas, et les poignées de portes n'ont que la rondeur de baies qui tiennent sur la paume d'une main.

Au début, j'évaluais mal les distances, et souvent je trébuchais, je me cognais la tête, j'avais mal au dos à force de me tenir courbée, mais maintenant j'y suis complètement habituée. Mon corps s'y meut naturellement, je n'ai pas à réfléchir pour savoir à quel point rentrer les épaules ou fléchir les genoux. Je me suis rendu compte que les dimensions de mon corps s'étaient faites à tous les espaces de la maison.

Il se peut qu'il rétrécisse petit à petit, de manière à s'y adapter. Je me rappelle un film que j'ai vu enfant, un recueil d'événements cruels survenus dans le monde. Une fillette pauvre était séquestrée dans une petite cage ; devenue difforme, elle était vendue tel un phénomène de foire. Suivant cet exemple, mon petit frère et moi avions essayé de créer un insecte rien qu'à nous en enfermant une mante religieuse dans la boîte d'un gadget offert avec un paquet de bonbons. Mon frère qui était encore petit avait eu un instant de frayeur lorsque la mante avait résisté en levant ses pattes ravisseuses, mais il avait écarquillé les yeux, si grandes étaient ses attentes de notre expérience. J'avais forcé la mante à entrer dans la boîte sans craindre que les pointes acérées de ses pattes ne me griffent les doigts.

J'avais ordonné à mon petit frère de n'ouvrir sous aucun prétexte la boîte avant la fin de la transformation. Pendant deux ou trois jours, la mante y a bruissé en permanence. L'oreille tendue pour l'entendre, l'imaginant les pattes avant pliées dans un angle impossible, les yeux ayant viré au noir, les pattes arrière inextricablement emmêlées, nous avions partagé notre exaltation, main dans la main. Quand elle a fait de moins en moins de bruit, nous avons cru tous les deux que la transformation était presque achevée. Notre excitation était grandissante.

— Ça y est ? Ça y est presque non ? m'avait demandé de nombreuses fois mon petit frère impatient.

Après le plaisir de l'attente, nous avons ouvert la boîte. Est apparu un résultat qui n'avait rien à voir avec ce que nous espérions. Au lieu de ce que j'avais prévu, un insecte d'un genre nouveau, à la forme inédite, tout en lignes et en angles droits à cause de la boîte carrée, il n'y avait qu'un cadavre de mante religieuse. Une des pattes ravisseuses s'était détachée, les ailes étaient desséchées et poudreuses, et un liquide verdâtre coulait de l'abdomen écrasé.

La petite fille avait été vendue une fois son corps devenu difforme, lorsqu'il était clair qu'il ne retrouverait pas sa forme originelle. Je ne sais pourquoi j'ai l'impression d'avoir croisé son regard, alors que lire l'expression de son visage caché par une partie méconnaissable de son corps – s'agissait-il d'un bras, d'une cuisse ou de sa poitrine naissante ? – aurait dû être impossible. Ses yeux étaient opaques et sombres, d'une profondeur insondable. Semblables aux yeux de la mante qui avaient changé de couleur en absorbant les ténèbres de la boîte du gadget.

J'utilise la salle de jeu comme salon-salle à manger, j'écris dans la salle des maîtres et je dors sur le lit de l'infirmerie. Comme rien ne me paraissait malcommode, je n'ai rien changé. Il y a des douches, et aussi un auditorium avec une scène. Et même un petit bassin profond de trente centimètres où il n'est pas complètement impossible de faire une brasse ou deux. Quoiqu'un peu vétuste, la cuisine est vaste et lumineuse ; elle est équipée d'un four où l'on peut faire cuire quarante cupcakes à la fois, d'une cuisinière à gaz avec des feux assez puissants pour que les flammes lèchent les bords des casseroles, et la quantité de vaisselle en plastique empilée dans ses placards est telle qu'une vie entière ne suffirait pas à l'épuiser.

J'ai laissé la cour à l'abandon car je ne voyais pas comment m'en occuper. Les herbes folles qui l'envahissent dissimulent presque toutes les traces de l'école. Les plantes grimpantes qui se sont enroulées autour de l'arche de l'enseigne au-dessus du portail ne laissent que deux caractères visibles, un *ra* et un *n*, et le toboggan, les balançoires et la cage à poules enfouies dans les branches des arbres ne se distinguent plus de la végétation abondante.

Comparé à la rapidité du changement de la cour, le temps à l'intérieur de l'école s'écoule paisiblement.

Si l'on vous disait que les enfants viennent d'en partir gaiement, les mains dans celles des parents venus les chercher, vous le croiriez sans doute. Je n'ai jeté aucun des accessoires restés sur place, aucun des objets qu'utilisaient les élèves. Les boîtes de crayons à la cire auxquelles manquent les couleurs noir, bleu et rose, les pantalons de rechange, les couronnes en papier colorié destinées à être posées sur la tête des enfants qui fêtent leur anniversaire, les blocs de pâte à modeler craquelée, les castagnettes, clochettes et triangles, les étiquettes avec le nom des enfants sous les crochets des portemanteaux, et la casquette jaune oubliée par un élève tête en l'air… Tout, absolument tout, est resté comme à l'époque où il y avait des enfants.

"Merci"

"Je vais bien"

"Maman, je t'adore"

Les cartes souhaitant la bienvenue aux parents dont les enfants ont décoré les murs de la salle de jeu pour le jour des portes ouvertes de l'école maternelle réussissent à garder leurs couleurs charmantes, bien que leurs bords soient abîmés et que l'encre ait un peu déteint.

Mon corps s'harmonise avec les contours de l'école maternelle, à un rythme plus lent que celui auquel la petite fille de la cage était devenue difforme, à une vitesse encore plus discrète que celle à laquelle tout se recouvre de poussière et se décompose. Je me rends compte que j'arrive à me servir de la cuillère qui paraissait trop petite pour ma main sans rien renverser ; quand je m'assois sur une des chaises de la salle de jeu, je découvre que je n'ai plus mal lorsque je glisse mes genoux à l'étroit sous la table. Un matin, debout face au lavabo, je sursaute devant le reflet de mon visage dans le miroir, alors que je croyais ne pouvoir me voir que jusqu'aux épaules. J'ai l'impression de le découvrir pour la première fois. Le miroir des enfants a juste la bonne taille pour ma silhouette.

CHAPITRE II

Mardi après-midi, M. Baryton est venu me voir avec une nouvelle lettre. J'étais dans la salle des maîtres mais je me suis tout de suite aperçue de sa présence. Personne ne frotte ses pieds sur le paillasson de l'entrée aussi soigneusement que lui.

La lettre était comme d'habitude, épaisse. Au point que les coins de l'enveloppe étaient déchirés. Les timbres à faible valeur faciale entouraient le nom et l'adresse du destinataire, on aurait dit qu'il y avait juste assez de place pour qu'ils couvrent les frais d'affranchissement.

— Vous arrivez au bon moment, ai-je dit. J'ai fini hier soir de déchiffrer la lettre que vous m'avez confiée la fois précédente.

J'ai sorti de la corbeille à courrier "déchiffrées" les feuillets que je venais de transcrire et les ai posés sur la table. M. Baryton a baissé la tête et m'a tendu timidement la nouvelle enveloppe. Bien que nous ayons déjà procédé ainsi de nombreuses fois, son attitude embarrassée était la même qu'au premier jour.

Je l'ai prise en le remerciant de me faire confiance et l'ai mise dans la corbeille "à déchiffrer". Les deux bannettes brunes qu'utilisait la directrice de l'école maternelle pour ranger ses documents servent maintenant exclusivement aux lettres de M. Baryton.

La première fois qu'il m'a demandé de décrypter une lettre de son amoureuse, j'ai reculé en disant que je ne voyais pas comment je pourrais en être capable. Je n'étais pas du tout persuadée d'avoir une aptitude singulière pour interpréter quelque chose que personne n'arrivait à lire.

Les lettres qu'il reçoit de sa bien-aimée hospitalisée loin d'ici sont écrites en très petits caractères. De prime abord, je n'y ai vu que d'étranges arabesques tirant sur le noir. Je me suis demandé s'il s'agissait de formules magiques d'une civilisation ancienne. J'ai pris un feuillet en main, l'ai rapproché d'une lampe, et ce n'est qu'en l'étudiant attentivement que j'ai compris que la feuille était entièrement remplie, au verso comme au recto, de caractères tracés à l'encre.

— Vous n'arrivez pas à la lire ? ai-je demandé. Bien que ce soit l'écriture de votre amoureuse ?

Il a acquiescé d'un signe de tête.

— Je vous plains…

Quand les caractères partis du coin supérieur gauche, collés les uns aux autres, sans aucun espace entres les lignes verticales, arrivent en bas de la feuille, ils remontent du coin inférieur droit vers le coin supérieur gauche en traversant obliquement la feuille, ce qui oblige naturellement ceux descendus du coin supérieur droit à aller en diagonale vers le coin inférieur gauche, et un "X" apparaît. Mais cela ne suffit pas à la scriptrice qui fait se chevaucher sans vergogne les caractères, dessinant plusieurs cercles dans le sens des aiguilles d'une montre. Le recto d'une feuille ne se termine qu'une fois les caractères arrivés à son centre. Ce mode d'écriture se reproduit au verso, et cinq ou dix feuillets sont pareillement recouverts, sans aucun blanc.

— Je suis stupéfaite de voir que des caractères peuvent devenir à ce point minuscules.

Chacun d'entre eux n'était pas plus grand qu'une piqûre d'aiguille. Mais de la même manière qu'un insecte, si petit soit-il, a une bouche, des pattes et des antennes, chaque caractère avait ses rebonds, ses fondus et ses points*.

— Ce texte a-t-il une signification ?

Je me suis tue car je me rendais compte que ma question était inappropriée. M. Baryton n'a pas réagi.

— Je me demande combien de caractères il y a sur cette page… murmurai-je afin de dissimuler mon embarras, en replaçant la feuille sous la lumière de la lampe.

J'avais l'impression que si je la touchais sans faire attention, les caractères seraient écrasés aussitôt et tout serait perdu. Lire un seul caractère était difficile, mais démêler les configurations uniques résultant de cet enchevêtrement d'horizontales, d'obliques et de cercles pour les déchiffrer m'inspirait de la peur. J'ai reposé doucement le feuillet, craignant presque que les petits caractères ne tombent si je les malmenais.

— Elle a dû mettre beaucoup de temps pour l'écrire.

Je ne savais rien de cette femme. M. Baryton ne m'en parlait guère.

* En calligraphie japonaise, il est important d'utiliser le pinceau de la manière correcte, et les rebonds, fondus et points désignent différentes manières de bien écrire les caractères. *(Toutes les notes sont de la traductrice.)*

— Une lettre aussi importante… Comment quelqu'un comme moi…

— Non, personne d'autre que vous n'est capable de la lire, répondit-il.

Ou plus exactement, il le chanta.

— Vous connaissez les petites choses mieux que personne. Ici, autrefois, c'était le paradis des enfants. Ils sont le symbole de ce qui est petit. Vous en êtes la gardienne.

Sa voix résonna dans les coins et les recoins de la salle des maîtres. Un beau baryton, évidemment.

C'est ainsi que j'en étais venue à m'occuper de ces lettres écrites tout petit. Chaque fois qu'il en recevait une de l'hôpital, M. Baryton l'apportait à l'école maternelle, et repartait avec la précédente que j'avais fini de déchiffrer. Les intervalles auxquels il les recevait variaient avec l'évolution de la maladie, mais elles ne s'interrompaient pas et gardaient toujours leur longueur. Souvent la corbeille "à déchiffrer" contenait deux ou trois lettres, parce que je n'arrivais pas à suivre.

Selon les explications de M. Baryton, les caractères avaient une taille tout à fait raisonnable au début de l'hospitalisation, mais ils ont commencé à diminuer petit à petit, d'une manière presque imperceptible. En se servant d'une loupe, il arrivait tout juste à les lire, mais il avait dû y renoncer lorsqu'étaient apparus les "X" et les cercles, et que les blancs avaient cessé d'exister.

— C'est tout à fait regrettable.

Chantée, sa tristesse gagnait encore en intensité.

M. Baryton est l'ancien conservateur du musée d'histoire locale qui n'existe plus. Depuis qu'il ne peut converser qu'en chantant, tout le monde s'est mis à l'appeler M. Baryton.

Contrairement à l'écriture de son amoureuse devenue graduellement minuscule, le changement chez lui s'est produit soudainement, le lendemain de la fermeture définitive du musée, sans lui laisser le temps d'y résister. À son réveil, ses cordes vocales, sa langue et ses lèvres, tout ce qui est lié à la phonation, avaient subi une mutation particulière. Lorsqu'il essayait de prononcer les mots qui lui venaient à l'esprit, ils sortaient sous forme de mélodie, en rythme, avec un vibrato, indépendamment de sa volonté. Pendant deux semaines, il avait essayé différentes méthodes pour s'en débarrasser – garder le silence pour couper court à la musique, parler extrêmement vite, se désinfecter la gorge avec du miel – mais aucune n'avait eu d'effet.

Peu à peu les gens s'étaient rendu compte que l'ancien conservateur du musée qui n'avait pas étudié le chant avait une voix incomparable. Ainsi, lorsque arrivait son tour de prendre la parole dans les réunions de l'association de voisinage, personne n'était déconcerté de l'entendre exprimer son opinion dans une aria originale. Au contraire, chacun s'en réjouissait. Ses mélodies étaient d'une grande diversité, comptines enfantines universellement connues, chansons de films à succès, hymnes nationaux de pays que personne n'aurait su situer sur une carte ou jingles d'entreprises qui avaient fait faillite. Il lui arrivait aussi de s'exprimer par une mélodie dont personne ne connaissait le titre et qui devait être une création originale.

Tout le monde voulait l'entendre. Des gens qui ne faisaient pas partie de son cercle intime l'invitaient à des soirées ou à venir prendre le café. Il y en eut même pour lui proposer de donner un récital, mais ces sollicitations étaient malavisées. M. Baryton ne chantait pas pour chanter. Il parlait en chantant.

Loin d'être flatté par les compliments que lui valait sa voix, lui qui n'était pas d'une nature sociable en vint à se replier sur lui-même, et à ne presque plus sortir de chez lui, épuisé parce qu'il ne cessait de réfléchir à la manière de refuser poliment les invitations de ceux qui lui demandaient de chanter. Que le simple fait de dire bonjour, d'acquiescer par un "oui", ou d'exprimer de l'admiration se métamorphose en mélodie devait nécessairement irriter, supposait-il arbitrairement, et il en devint encore plus laconique qu'autrefois.

Les visites de M. Baryton à l'école maternelle étaient pour lui de précieuses occasions de se détendre. D'autant plus que c'était ici qu'il lisait les lettres de sa bien-aimée.

— Oh... Le soleil a déjà beaucoup décliné...

Les rayons du couchant qui entraient par la fenêtre étaient si bas qu'ils se glissaient sous le bureau de la directrice et éclairaient nos pieds. Chaque fois que je baissais les yeux, la couleur de la lumière était différente. Sept bureaux où personne ne s'était assis depuis longtemps se faisaient face dans la salle des maîtres. Un menu hebdomadaire inachevé, des mugs vides, une pile de carnets de correspondance pas encore remplis, des images en désordre du *kamishibaï Les Trois Petits Cochons*, des ciseaux, de la colle, des papiers de couleur... Tous les objets ignoraient qu'ils avaient perdu leur utilité et attendaient patiemment le retour de ceux qui ne reviendraient pas.

— L'étoile du soir brille, n'est-ce pas ? Là-bas, au-dessus du terrain de jeu.

Il tourna les yeux sans rien dire dans la direction que je montrais du doigt. Je devinais qu'il gardait le silence parce qu'il était gêné. Comme tout le monde, j'aimais sa voix. J'avais toujours envie de lui dire que je serais ravie qu'il chante plus, mais quand il était devant moi, j'étais incapable de le faire, je ne sais pourquoi.

— Et le croissant de lune juste à côté est tout fin.

Il hocha la tête.

— Si elle devait devenir encore plus fine, elle disparaîtrait !

Dans le ciel qui n'était pas encore entièrement sombre, la lune se collait misérablement contre l'étoile du soir qui brillait d'un éclat aussi vif que les derniers rayons de soleil.

Je lui ai tendu la chemise contenant la lettre originale et ma transcription. Quelle que soit la finesse du papier que j'utilisais, la version déchiffrée était toujours plus épaisse que l'originale. La tranche de la chemise portait encore l'étiquette où il était écrit : "Programme du spectacle annuel".

Se met-il à lire la lettre sitôt rentré chez lui, sans même s'asseoir sur son canapé ? Ou bien ne commence-t-il qu'après s'être changé, avoir plié ses vêtements, pris une douche, et s'être servi un apéritif ? Il respecte sûrement un ordre qu'il a lui-même établi, parce que c'est une lettre d'amour. Lorsqu'il arrive à la fin de la longue missive sans ponctuation ni paragraphes, la nuit est profonde, et les étoiles dans le ciel si nombreuses que repérer celle du berger est difficile. Plus la lettre est longue, plus il peut passer la nuit avec sa bien-aimée. Même si ce qu'il a sous les yeux n'est pas ce qu'elle a écrit mais ce que j'ai remis en ordre.

M. Baryton s'est levé, et il a rangé la chemise dans sa serviette. Je n'arrive toujours pas à m'habituer au fait que je connais déjà le contenu de la lettre qu'il n'a pas encore découvert.

— Si les caractères continuent à rapetisser, ils disparaîtront un jour, finit-il par chanter. Comme la lune ce soir.

C'était une mélodie qui allait bien au crépuscule. Je savais que la voix de M. Baryton portait au lointain dans la fraîcheur de la nuit à venir. Nous avons encore une fois tourné les yeux vers l'espace au-delà de la cage à poules.

À la saison où souffle le vent d'ouest un concert se tient sur la place de la colline aux abords de la ville. Tout le monde l'appelle "le concert de soi à soi", bien que personne ne sache qui lui a donné ce nom.

Tard dans la nuit, lorsque la rumeur de la ville s'est éteinte, et que seul monte le bruit du vent d'ouest, les concertistes gravissent l'un après l'autre la colline. Prudemment, pas à pas, le dos courbé pour ne pas trébucher sur le sentier escarpé.

Tous leurs instruments sont faits main. Il n'y a pas de règle particulière pour leurs matériaux ou leur forme. Mais ils ont un point commun : ils sont tous très petits.

Les plus simples sont sans doute ceux faits de coquillages ramassés en bord de mer. Point n'est besoin de les colorer ou de les décorer : ils ont une forme naturellement équilibrée, et une variété de couleurs surprenante. De plus, ils sont solides, puisque même devenus fossiles, ils peuvent encore produire un son. Les clairons en cellophane ont aussi la faveur des concertistes. Leur matériau est facile à trouver, et en les agrémentant d'un gland en fil à broder, on obtient un clairon qui rappelle ceux des gais soldats des livres d'images. Les jouets qui produisent un son, anneaux de dentition avec un grelot à l'intérieur, miniatures d'avions à hélices ou hochets, sont aussi souvent utilisés. Comme ceux qui sont faits de petits flacons en verre dans lesquels on a introduit un morceau de cordon ombilical desséché ou une dent de lait, une tradition bien établie qui a des partisans fervents et des opposants tout aussi déterminés. On voit souvent des gens fouiller les laboratoires des anciens lycées et les pharmacies ayant fait faillite, à la recherche de petites fioles à la belle sonorité.

Les lyres sont les instruments que je préfère. Leur forme en U, comme celles des lyres dont jouent les personnages des mythes grecs, donne à voir d'une manière remarquable tous leurs détails malgré leur dimension appropriée au concert. L'élégance avec laquelle elles ont été façonnées et polies fait qu'il est difficile de croire qu'elles n'étaient à l'origine que des morceaux de bois ramassés au bord de la rivière. Les extrémités des deux branches du U sont joliment enroulées, et des fleurs, des animaux ou des caractères sont gravés sur leur caisse. Leurs cordes sont des cheveux d'enfants.

Tous les concertistes prennent grand soin de leur instrument, mais les lyres exigent une attention particulière. Les cheveux d'enfants n'existent pas en quantité illimitée et ils se cassent très facilement. On reconnaît tout de suite les joueurs de lyre. Vue de dos, leur silhouette, quand ils cherchent à déchiffrer le sens du vent en plissant les yeux dans l'obscurité, est aussi fragile que les cheveux d'enfants.

Les instruments sont accrochés au lobe de l'oreille des musiciens. Coquillages, jouets de bébé ou petites fioles sont fixés à des ferrures de boucles d'oreilles, au moyen d'un trou ou de colle. À l'approche du concert, je me dis que nous avons de la chance d'avoir des oreilles à lobe. Si elles n'étaient qu'un trou sans rien autour, personne ne saurait comment écouter la musique de son propre instrument. Les musiciens ajustent leur attache en cherchant le meilleur endroit, et mesurent minutieusement la position en se frottant le lobe du bout des doigts comme pour lui exprimer leur reconnaissance.

Le mot "musicien" n'est peut-être pas le bon. Ceux-ci se contentent de fixer leur instrument au lobe de leur oreille mais n'en jouent pas. Une fois l'attache vissée, ils attendent patiemment qu'un souffle d'air fasse vibrer l'instrument. Le vent d'ouest qui se faufile dans les taillis de la colline est capricieux, il tournoie, s'interrompt soudain ou apporte l'odeur de la mer lointaine, invisible depuis les flancs de la colline. Le grondement qui monte des arbres plongés dans l'obscurité fait se raidir les concertistes, prêts à résister à une violente bourrasque, mais le vent les prend au dépourvu et se transforme en une douce brise qui vient caresser leur joue. Parfois aussi, les gens présents sur la colline sont noyés par une vague de vent. La croyance qui veut que le vent d'ouest est le plus approprié pour le "concert de soi à soi" est partagée de tous. Personne n'est capable de l'expliquer, mais tout le monde l'accepte tacitement.

Les gens qui ont fini de régler leur instrument sur leur lobe s'éparpillent sur la colline. À chaque concert, certains musiciens, une fois qu'ils ont trouvé un lieu qui leur plaît n'en bougent plus, tandis que d'autres ne cessent de marcher, suivant le vent, l'état de leur instrument ou leur bon plaisir. Assis sur un banc, juché sur un monticule artificiel, enlaçant un arbre, allongé dans l'herbe… Pendant le concert, chacun agit à sa guise. Debout au bord de la pénombre, les spectateurs les couvent du regard en prenant garde à ne pas les gêner. Nous ne pouvons jamais être des auditeurs. Quelle que soit la force du vent, les instruments ne produisent qu'un son adapté à leur petitesse. Seuls les concertistes peuvent l'entendre.

Dans la lumière éclatante de la lune, purifiée par le vent, et celle, plus vague, des lanternes de la colline, chaque musicien semble flotter comme une masse grise. Bien que leurs contours soient çà et là entachés d'obscurité au point de presque disparaître, les instruments, eux, sont toujours visibles. Ils dessinent un lieu géométrique précis, en contradiction avec leur faiblesse qui fait qu'ils ne dépassent pas le lobe de l'oreille. Même si la forme des coquillages, des clairons en cellophane ou des petites bouteilles n'est plus discernable, leurs oscillations dans la pénombre lorsque le vent souffle se reflètent nettement dans les pupilles. J'ai même l'impression de voir jusqu'au fragment de gencive resté à la base des dents de lait dans les petites bouteilles.

Bien qu'il n'y ait nulle part de chef d'orchestre, les instruments respectent une distance mutuelle qui les empêche de se gêner les uns les autres et dessinent sur toute la colline un motif ni trop simple ni trop compliqué. Semblable aux stries laissées naturellement par le vent mais aussi à des vestiges mis au jour en creusant très profondément, qui dans les deux cas, montrent au ciel nocturne un repère proclamant leur présence.

Personne ne fait de bruit inutile. La peur de gêner par sa propre maladresse la musique résonnant dans l'oreille de quelqu'un rend la respiration prudente. Pour les spectateurs, c'est aussi le "concert silencieux". Seul flotte sur les alentours l'écho du pas des musiciens dans l'herbe.

J'ignore le son produit par les instruments de musique oscillant dans le vent. Parfois l'envie me prend de demander à quelqu'un de bien vouloir m'en prêter un, mais je ne l'exprime jamais tout haut. L'idée que son propre instrument se trouve, ne serait-ce qu'une seconde, sur le lobe de l'oreille d'une personne qui n'a jamais eu d'enfants ne peut qu'être déplaisante, et je sais que la musique de soi à soi n'existe que pour une seule personne. De plus, tous ces instruments sont si délicats que si quelqu'un d'autre que leur propriétaire les déréglait, le dommage serait irréversible.

Mais quand on regarde les concertistes, on pressent la musique qu'ils entendent. La femme immobile, debout entre deux peupliers, vêtue d'un chemisier noir et d'une jupe qui tombe jusqu'à ses chevilles, pose une main sur un des troncs ; l'autre, statique, est toute proche d'une petite branche. Entre les longs cheveux noirs qui dissimulent en partie son visage, je distingue un clairon en cellophane. Ce matériau vibre au moindre souffle et il lui suffit de rester immobile sans même chercher le vent. Comme beaucoup d'autres musiciens, elle ferme les yeux. Ils savent d'expérience que c'est ainsi qu'ils perçoivent les sons venus de loin. Œil et oreille s'entraident.

Le clairon a une sonorité hésitante, qui ressemble à un sifflement. Les yeux de cette femme expriment à la fois le désir ardent de ne rater aucun des sons sortis du pavillon gonflé, et la crainte que les si tendres lèvres ne se blessent en soufflant trop fort. D'un seul coup, le vent tournoie, fait toupiller le clairon sur lui-même et voleter le bas de la jupe.

Il y a quelqu'un qui n'a cessé de marcher, sans manifester aucune hâte, depuis le début du concert, un homme à la carrure puissante, aux oreilles duquel pendent deux petites bouteilles contenant des fragments d'ongles. C'est bien plus rare qu'une dent de lait ou un cordon ombilical. Leur son doit être infime. Il déambule parce que le vent seul ne suffit pas, il doit leur transmettre les vibrations de ses pas. Les bouts d'ongles sont aussi fins que le croissant de lune que j'ai vu l'autre jour avec M. Baryton. Mais cet homme recherche précisément cette sonorité discrète. Il avance le dos voûté, comme s'il avait honte de sa taille, en choisissant les parties herbeuses de la colline pour ne pas faire de bruit, et incline parfois la tête pour suivre la direction du vent. Si le vent fait une longue pause, il monte et descend la pente en trottinant pour faire se balancer les fioles.

La musique des rognures d'ongle qui, s'il a une seconde d'inattention, risque d'être perturbée par sa respiration ou le bruissement des feuilles, imprègne encore plus profondément la membrane de ses tympans. Ce son ténu lui rappelle la chaleur des doigts qu'il tenait dans sa paume quand il a coupé les ongles. Il ne peut se défaire de l'idée que cet instant où les fragments d'ongles sont tombés de ces doigts si confiants marquait un tournant irréversible. Il est sous l'emprise d'une illusion : les autres êtres présents sur la colline ont disparu pour le laisser seul avec la musique des ongles, et il parvient de justesse à résister à l'envie de s'agenouiller et de couvrir de ses mains les instruments qui pendent à ses oreilles pour leur apporter la chaleur qui subsiste sur ses paumes. Les mains minuscules sur lesquelles poussaient ces ongles sont parties à jamais, même s'il vient de les entendre au fond de ses oreilles.

La lune s'est cachée dans les nuages et la froidure monte des pieds trempés par la rosée nocturne. Plus la nuit avançait, plus le vent faiblissait. Les concertistes qui n'avaient pas envie de s'arrêter se recroquevillaient sur eux-mêmes, concentrés sur leur quête d'un souffle.

J'ai aperçu M. Baryton dans le groupe de spectateurs qui s'était formé dans le bosquet d'ormes en dessous du belvédère et je l'ai salué d'un clignement de paupières. Son attitude était aussi correcte que dans ses visites, une lettre à la main. Déconcertée par cette rencontre inattendue dans ce lieu sombre et silencieux, je n'ai pas réussi à lui rendre son sourire. J'aurais aimé lui dire que j'avais presque terminé de déchiffrer la dernière lettre, mais j'ai immédiatement détourné les yeux avec embarras.

Je savais qu'il venait souvent au concert. On dit que sa bien-aimée était concertiste autrefois. Depuis son hospitalisation, elle ne venait plus, mais il y assistait toujours, debout dans la forêt, avec une passion qui semblait exprimer l'espoir qu'elle y soit mêlée à la suite d'une quelconque erreur.

Parmi tous les gens rassemblés sur la colline, personne autant que lui ne devait respecter le silence. Le concert de soi à soi n'a pas pour but d'harmoniser les musiques des participants, et même la belle voix de M. Baryton n'échappait pas à cette règle. Musique japonaise, harmonie, accompagnement, mélodie, tout était présent dans la musique de chacun et formait un ensemble parfait où rien ne manquait.

Bien que la musique ait diminué avec le vent faiblissant, les instruments jouaient encore leurs sons chimériques dans mes oreilles. Les coquillages apportaient le bruit de vagues lointaines, les grelots des hochets tintinnabulaient gaiement, les hélices des avions brassaient agréablement l'air. Les cordons ombilicaux desséchés faisaient entendre une chanson qui ressemblait à un murmure rocailleux, roulant sans cesse au fond des petits flacons en raison de leur forme irrégulière qui les empêchait de se poser. Leur jolie voix cristalline, qui détonnait avec le rouge presque noir du sang de l'accouchement, transformait la chanson la plus banale en un message unique. Un message que ne pouvaient recevoir que l'instrument du lobe de l'oreille et le vent d'ouest.

Ainsi les musiciens retrouvaient la voix des enfants morts, sur la colline, dans la nuit.

Le concert qui avait commencé sans que personne ne donne de signal s'achevait aussi sereinement. Un à un, les musiciens détachaient leur instrument de leur oreille, le rangeaient dans la petite boîte prévue à cet effet ou le glissaient dans une poche intérieure de leur veste. C'était le signal pour les spectateurs de redescendre de la colline afin de rentrer chez eux dormir quelques heures. L'aube essayait de se glisser à la limite du ciel et de la ville.

— Le vent était particulièrement bon ce soir, m'a dit l'ancienne coiffeuse que je connais de vue, au moment où je traversais la colline pour retrouver le sentier qui mène au sud de la ville.

— Tant mieux !

— Il était presque trop doux. Mais en contrepartie, il a soufflé longtemps.

— Oui.

— C'était parfait pour la lyre.

Nous marchions côte à côte sur le sentier fait de vieilles traverses de chemin de fer. Elle n'avait pas encore décroché son instrument de son oreille.

J'aimais particulièrement sa lyre. Elle avait quelque chose de chic. L'arrondi de la caisse et des bras achevait un équilibre subtil avec le menton fin de sa propriétaire, la couleur du bois était en harmonie avec celle de sa peau, et surtout, les cordes en cheveux étaient d'une splendide fraîcheur. Au point qu'il était difficile de croire qu'elles venaient d'un enfant mort.

Elle utilisait ses talents d'ancienne coiffeuse pour tendre celles des lyres de toute personne qui le lui demandait. Réparer les cordes rompues ou encore les faire briller faisait partie de ses spécialités, les gens qui veulent une lyre s'inquiétant pour la plupart de l'amenuisement des cordes au fil des concerts, et du risque de voir diminuer la quantité de cheveux dont ils disposent, si précieux à leurs yeux. Grâce à elle, ils pouvaient les utiliser l'esprit tranquille. Parce que son cœur débordait de tendresse et d'assurance quand elle touchait les cheveux de sa propre lyre mais aussi de celles de ses camarades jouant du même instrument. Il lui suffisait de passer le peigne dans les cheveux d'un nouveau-né, si fins qu'on aurait dit qu'ils risquaient de s'évaporer, pour qu'ils retrouvent leur vitalité. Aucun cheveu ne lui résistait.

— Je dors mal après les concerts, dit-elle.

— C'est regrettable.

Tout en faisant attention à rester sur les traverses, je jetais des coups d'œil sur le lobe de son oreille. Elle marchait tête baissée, et la lyre se balançait au rythme de ses pas. J'avais l'impression que les cordes attiraient le peu de lumière qui s'avançait et luisaient faiblement.

— Mais j'imagine que c'est pareil pour tout le monde.

— Oui, sans doute.

— Parce que les nuits de concert sont longues.

— Oui.

Plusieurs personnes nous dépassèrent. J'ai cherché en vain M. Baryton des yeux. Peut-être avait-il pris l'autre sentier pour redescendre en ville. Le calme régnait dans la forêt, les étoiles ne brillaient pas, et les arbres cachaient le sommet de la colline.

— J'aimerais venir dans l'auditorium, si ça ne vous dérange pas.

Elle s'est arrêtée pour me le demander. Un arbre mort pourrissant, d'une blancheur d'os, gisait à nos pieds.

— Vous êtes bien sûr la bienvenue !

— Il faut que je change les friandises. Je ne veux surtout pas que les biscuits et les chocolats moisissent, et j'ai aussi envie de la recoiffer.

— L'auditorium n'est jamais fermé, ai-je répondu.

— Ah bon ?

— La clé est rouillée, elle ne veut plus tourner dans la serrure.

— Le plancher là-bas est toujours un peu froid.

— Surtout, habillez-vous chaudement. J'ai l'impression que l'hiver arrivera tôt cette année, lui ai-je recommandé en regardant le lobe de son oreille engourdie.

Il était rouge, preuve que l'instrument de musique, pour minuscule qu'il soit, avait un poids.

— Eh bien, rentrons.

J'ai pris son bras, et nous avons enjambé le tronc. Sa peau était si froide que j'ai eu l'impression d'avoir touché un os. La lyre a presque frôlé mon oreille et j'ai cru l'entendre résonner légèrement, mais cela aussi était une illusion.

CHAPITRE III

Chaque matin, dès mon réveil, je vais d'abord dans l'auditorium. J'ouvre les rideaux et les fenêtres pour aérer, et j'époussette l'une après l'autre toutes les boîtes en verre. Je ne les ai jamais comptées et je ne sais pas combien il y en a. Je passe le plumeau sur les étagères même si elles ne sont pas particulièrement poussiéreuses, et je donne ensuite un coup de balai. Une fois tout cela terminé, je m'assois à l'harmonium qui se trouve dans un coin de la scène et en joue un peu, comme pour annoncer l'arrivée du matin. Cela peut être une chanson que chantaient les enfants pendant les auditions, ou un passage que j'aime d'une mélodie que m'a fait entendre M. Baryton. L'harmonium qui a perdu plusieurs touches noires produit un son languissant qui n'est pas du tout adéquat à l'annonce d'une nouvelle journée.

L'auditorium se trouve au bout de la galerie qui passe devant la cuisine, et fait face à deux ginkgos. Sa forme simple, dépourvue de fioritures, qui rappelle un casier à chaussures, est visible entre leurs branches. Ses murs sont noircis, son toit souillé de fientes d'oiseaux et de taches du jus des fruits des ginkgos, mais il n'a rien de négligé, et un calme profond en émane.

Lorsqu'on monte le court escalier pourvu d'une rampe et qu'on ouvre la porte imposante qui ne ferme pas à clé, on découvre un espace d'une taille inattendue, dont le haut plafond est peint en blanc. La scène est lointaine. La cérémonie d'entrée à l'école maternelle, les auditions, et les remises de diplômes avaient lieu ici, mais de cette époque ne restent que le rideau drapé des deux côtés de l'estrade, et un bout du panneau verni qui servait lors des représentations du conte *Le Navet géant*. Une ferme de style russe, et un navet dont on ne voit que la moitié y sont peints. Le légume qui conserve un blanc vif est appétissant.

Les quatre rangées d'étagères installées aujourd'hui devant la scène, à partir de la droite, sont couvertes de boîtes en verre de la longueur d'un bras. Les étagères en bois, plus hautes qu'une personne, séparées par un passage d'une largeur égale, projettent une ombre oblongue sur le plancher. Tout est impeccable, sans le moindre relâchement.

À quelle époque la première boîte en verre est-elle arrivée ici ? Qui l'a apportée ? Répondre à ces questions est impossible, de la même façon que personne ne sait dater le début des changements survenus en ville. Interroger quelqu'un à ce sujet apporterait une réponse évasive, selon laquelle le bâtiment avait déjà cet aspect le jour où on s'était rendu compte des altérations. Et une fois qu'un changement s'est opéré, personne ne doute de son bien-fondé, c'est inéluctable.

Mais il y a une chose que je sais. Les étagères et les boîtes-vitrines ont été apportées de l'ancien musée d'histoire locale. M. Baryton est ravi que ses vestiges continuent à avoir une utilité inattendue. Si on lui en fait la demande, il y va et trouve des boîtes qui peuvent encore servir. Personne ne connaît aussi bien le bâtiment que lui, l'ancien conservateur du musée, qui a en mémoire son plan complet et sait précisément le type de boîtes qui s'y trouvent et leur emplacement.

Les étagères remplissent parfaitement l'espace de l'auditorium, au point que l'on ne peut que penser qu'elles ont été faites sur mesure ; la couleur sombre de leur bois et leurs éraflures sont en accord avec le plancher. Solides et sûres, les boîtes en verre qui ont protégé de précieux documents pendant de nombreuses années exposent leur contenu tel qu'il est, sans le déformer. De plus, elles ont exactement la bonne taille pour qu'une âme d'enfant grandisse dans l'au-delà. Elles ne sont ni trop étroites ni vastes au point qu'une âme s'y sentirait seule.

Les gens apportent toutes sortes de choses. Pour un petit enfant qui ne parle pas encore, une tétine, les premières chaussures, le lapin en peluche dont il a besoin de tenir l'oreille pour s'endormir. Pour un garçon qui n'a pas encore mué, des jeux de société, des tables de multiplication, des snacks. Pour une petite fille, un coffret de perles, des coloriages de princesse, du galon tyrolien. Pour des lycéens, des photos d'acteurs, une balle de base-ball signée, de la pommade contre l'acné…

Je les accompagne dans la galerie et les conduis à l'auditorium. Lorsque je les vois déposer un à un les objets qu'ils ont apportés, je devine le soin avec lequel ils les ont choisis. Ils les prennent entre leurs mains une dernière fois avant de les poser, les époussettent alors qu'ils ne sont pas poussiéreux, les font briller, arrangent leur forme. Ils essaient plusieurs emplacements dans la boîte pour décider du plus adapté.

— Avec ça, tu ne pleureras pas même si tu te réveilles la nuit. Tu ne seras plus tout seul.

— Donne-toi du mal ! Tu dois savoir toutes les tables de multiplication. Tu y es presque, puisque tu as déjà réussi le contrôle jusqu'à la table de 6.

— Je te mets une nouvelle photo, découpée dans le dernier numéro de ton magazine. Le film dans lequel elle joue le rôle principal va bientôt sortir. Dans pas longtemps !

Ils adressent la parole aux boîtes. Parfois ils sollicitent mon avis

— Vous êtes d'accord avec moi, n'est-ce pas ?

C'est pour cela que je reste à proximité. Je les regarde dans les yeux et hoche la tête en silence.

Jusqu'à ce qu'ils arrivent à se résoudre à refermer le couvercle, j'allume une bougie et j'attends, en montrant par mon attitude qu'ils peuvent prendre leur temps. Les bougies sont fabriquées spécialement pour l'auditorium, et leur cire dégage en fondant une odeur de lait-fraise, de caramels mous, ou de bonbons à la pomme. La flamme projette un cercle de lumière orangée sur le verre, et chacun de ses vacillements fait flotter une douce odeur de bonbon.

Mais lorsque vient le moment de refermer le couvercle de la boîte avec un bruit sec, la plupart ont l'air triste.

— Je vous conseille de mémoriser le numéro sur l'étagère. Vous la retrouverez plus facilement la prochaine fois, dis-je en montrant l'étiquette de classement qui s'y trouvait déjà au musée local, avant d'ajouter : revenez quand et autant de fois que vous le souhaitez. Il n'y a aucune règle. Vous n'avez besoin de la permission de personne.

Et ils reviennent souvent dans l'auditorium. Avec une poupée, car leur enfant est trop seule et elle a besoin d'une amie, des cahiers d'écriture afin de se préparer à la grande école, ou des mignonnettes d'alcool pour célébrer la majorité… Les besoins évoluent au fil du temps. Les friandises rancissent, les objets en papier se décolorent. Leur visite est l'occasion de déposer de nouvelles choses, de modifier la disposition de la boîte, d'y mettre de l'ordre.

Ces boîtes en verre qui renfermaient autrefois le passé au musée d'histoire locale sont à présent au service de l'avenir des enfants morts. Ce qu'elles contiennent n'est en aucun cas des souvenirs. Les enfants morts continuent à grandir dans le petit jardin à l'intérieur de la boîte. Ils mettent leurs chaussures pour faire leurs premiers pas, ils apprennent les tables de multiplication, et colorient à leur guise les robes des princesses.

Une fois que j'ai terminé le ménage de l'auditorium, je le parcours des yeux depuis la scène, en m'arrêtant sur chaque rangée pour m'assurer que tout est en ordre. Chaque boîte est pleine à craquer d'ambitions infinies mais elles sont sagement alignées chacune à la place qui lui a été attribuée sur les étagères et n'ont rien de solennel.

Je referme la fenêtre et tire les rideaux. Immédiatement le matin s'éloigne. Depuis que j'ai installé des rideaux plus épais, sur le conseil de M. Baryton qui m'a dit que l'exposition au soleil abîmerait les boîtes, l'auditorium est toujours plongé dans la pénombre et la froideur du crépuscule. Aucune bougie ne brûle, mais j'ai l'impression qu'une légère odeur sucrée subsiste dans l'air.

Samedi matin, je suis allée apporter à ma cousine les livres qu'elle m'avait demandés. Depuis que la seule bibliothèque de la ville a déménagé le long de la nouvelle route, j'y vais pour elle une fois tous les quinze jours. Parce qu'elle ne peut pas prendre la nouvelle route. Elle n'emprunte que les rues sur lesquelles a marché son fils qui s'est noyé dans la mer à l'âge de onze ans.

— *L'Envoûté*, *Manon Lescaut*, *Au cœur des ténèbres*, *La Porte étroite*, *Le Tour d'écrou*, *La Mort à Venise*, *Nocturne indien*...

J'ai posé un à un les livres sur la table, en vérifiant que je ne m'étais pas trompée. Ma cousine lit des romans, de la poésie et des pièces de théâtre, toujours d'auteurs morts. Tous les livres dont les auteurs sont encore vivants, même les best-sellers ou ceux dont les sujets la passionnent, sont exclus.

— Je te remercie.

La pile de livres était si haute qu'elle cachait à moitié nos visages. Ma cousine empruntait le nombre maximum de livres autorisés pour deux semaines, et les lisait tous.

— Désolée de toujours t'embêter avec ça.

— Ça ne m'embête pas du tout.

— Tu restes déjeuner, n'est-ce pas ?

— Oui.

Le salon de coiffure et une salle de quartier avaient déménagé et quitté les rues que ma cousine pouvait fréquenter, mais c'était moins ennuyeux que la bibliothèque. Elle se coupe les cheveux elle-même dans sa salle de bains, et n'avait pas l'habitude de participer aux réunions organisées dans la salle.

Depuis le jour de la mort de son fils, sa vie s'est mise à rétrécir à tous égards. Elle s'est séparée de son mari, a emménagé dans l'ancienne loge de gardien du manoir du directeur de l'hôpital, et a commencé à gagner sa vie en allant à bicyclette vendre à l'entrée du grand parc municipal les boîtes-repas qu'elle prépare. Le fils du directeur de l'hôpital était un ami du sien, elle connaissait leur domicile, et c'était sur la place du grand parc que son fils jouait avec passion au base-ball. Son quotidien était fait de ces allers-retours entre la loge de gardien et le parc.

Tous les détails des itinéraires suivis par son fils sur ses jambes d'enfant étaient gravés dans sa mémoire. Avait-il posé le pied ici ou non ? La différence était pour elle une frontière qu'elle n'avait pas le droit de franchir. Le mur était très haut, aucune voie de contournement n'existait, et des miradors le surveillaient à l'aide de projecteurs puissants. Elle ne possédait pas le passeport qui lui aurait permis de la passer. La seule chose qu'elle avait était une petite carte qui, repliée, tenait dans la paume de sa main. Les chemins qui y apparaissaient ne menaient pas hors de la carte, mais se croisaient en dessinant une forme gracieuse entièrement contenue dans les limites de la petite feuille. C'étaient les marques indélébiles que son fils avait laissées pour elle avec ses chaussures.

— Eh bien, bon appétit !

Ma cousine me régalait d'un plat de riz mélangé, du même style que les boîtes-repas qu'elle vendait au parc. Il y avait différentes déclinaisons, avec de la viande de porc, du bœuf haché ou des crevettes. Des pickles de concombre, qui coloraient légèrement de vert le riz à l'endroit où ils étaient disposés, servaient d'accompagnement.

— Tu n'as qu'à manger avec moi, ai-je suggéré, par acquit de conscience, bien que je sache ce qu'elle me répondrait.

— Ce n'est pas la peine. Préparer pour une personne et manger, c'est pareil.

Assise en face de moi, les mains sous le menton, elle m'a donné en me regardant sans me voir cette réponse qui n'avait guère de sens. Je comprenais que cela relevait de la logique qui lui faisait respecter fidèlement la petite carte laissée par son fils. Dans sa vie qui allait en se réduisant, soustraire était plus important qu'ajouter.

Les repas qu'elle cuisinait, bon marché et bien assaisonnés, avaient du succès auprès des chauffeurs de taxi et des employés du parc, au point qu'une queue se formait pour les acheter déjà avant midi. Bien que ces plats soient simples, ils avaient une saveur indéfinissable, stimulante, qui faisait qu'on ne s'en lassait pas. Il était fréquent qu'elle n'en ait pas assez pour tous ses clients, mais elle ne montrait aucun désir de développer son commerce, par exemple en augmentant leur quantité, ou par l'achat d'une camionnette, et continuait à préparer des boîtes-repas en fonction de ce qu'elle pouvait mettre sur le porte-bagages de son vélo.

Je la voyais parfois les vendre quand je passais près du parc. Elle ne montrait aucune affabilité, ne paraissait pas particulièrement animée, et avait la même attitude que chez elle dans l'ancienne loge de gardien. J'aimais cependant l'observer. Parce que j'avais l'impression, même si ce n'était que mon imagination, que chaque fois qu'une de ses boîtes-repas passait dans la main d'un inconnu, cela laissait une trace sur les chemins qu'elle ne pouvait emprunter et élargissait imperceptiblement la carte qui rétrécissait.

— Tu es allée au concert de l'autre jour ?

Je lui ai répondu d'un hochement de tête, en mélangeant le riz au reste de sauce, et elle a poussé un léger soupir.

— Il y avait du monde, tu sais ! Tu aurais dû venir. Je me demande quand aura lieu le prochain.

— Hum…

Elle aussi avait un instrument de musique. Il produisait le son d'une clochette à vent lorsque se touchaient les os des orteils joints par une chaînette. Avec le temps, ils étaient devenus bleuâtres, et le dessin formé par les petits trous à leur surface rappelait une dentelle, un aspect qui me donnait très envie de l'entendre.

Je n'arrivais pas à trouver les mots pour lui demander si, après la crémation de son fils, au moment où elle avait discrètement glissé ces os dans la poche de son vêtement de deuil, elle avait décidé de ne plus marcher que sur le sol déjà foulé par son fils, ou si sa décision était due à un hasard que personne n'aurait pu prévoir.

Il y avait bien sûr une boîte pour son fils dans l'auditorium. C'était l'une des plus anciennes, mais le verre avait conservé sa transparence, son contenu était soigneusement entretenu, et les objets qu'elle renfermait étaient pleins de vie.

— J'ai vraiment de la chance qu'il ait utilisé ce passage couvert ! disait ma cousine chaque fois qu'elle venait dans l'auditorium.

Son fils avait fréquenté cette école maternelle.

— Sinon, je ne pourrais pas y venir. Je tremble rien qu'à y penser.

Elle marchait avec une attitude qui semblait signifier que la trace de ses pas y subsistait, les yeux baissés, comme si elle cherchait à y mettre les siens.

— Si tu crains la montée pour aller sur la colline, tu n'as qu'à me le dire.

— Oui.

— Je suis sûre que M. Baryton te prendrait sur son dos si on le lui demandait.

— Oui… Je te ressers ?

— Non, je n'ai plus faim.

J'ai porté à ma bouche la dernière cuillerée du riz qui avait pris une teinte vert clair.

Depuis qu'elle s'était fracturé le genou droit en tombant de son vélo un jour, à l'époque où la bibliothèque avait déménagé, il lui faisait toujours mal, et cela avait réduit plus encore sa vie. Elle qui participait à tous les concerts de soi à soi avant n'y venait plus guère.

Après que l'os s'était ressoudé, elle avait repris le travail mais elle avait eu besoin de mon aide pendant quelque temps. Je rangeais les boîtes-repas dans le sac isotherme, le fixais sur le porte-bagages et poussais la bicyclette avec elle jusqu'au parc. Parmi les clients fidèles de ma cousine, certains se faisaient du souci pour elle et lui prodiguaient des mots de réconfort.

Le dernier jour où j'étais venue l'aider, l'un d'eux – l'ouvrier responsable du jet d'eau du parc, je crois – lui avait tendu un bouquet de fleurs en lui souhaitant un prompt rétablissement. Elle lui avait d'abord donné sa boîte-repas puis l'avait accepté, la tête baissée, l'air troublé, en bredouillant des mots inintelligibles. Et c'est moi qui l'avais remercié.

Entouré d'une cordelette en plastique rose, ce bouquet de fleurs anonymes qui venaient selon toute vraisemblance du parc, était plus que champêtre. Son *bentō* à la main, l'homme était parti vers les bosquets d'où montait un infime bruit de jet d'eau. Les petites fleurs blanches, jaunes et bleues du bouquet commençaient déjà à se flétrir dans la main de ma cousine.

Sur le chemin du retour, elle l'avait jeté dans la rivière depuis le pont, sans même s'arrêter. Il était tombé en décrivant un arc élégant, les remous l'avaient ballotté et il avait ensuite coulé, emporté par un tourbillon. Pas un pétale n'était resté à la surface. Sachant que ce n'était pas qu'elle rejetait l'attention de son client, mais seulement qu'elle ne voulait pas rapporter chez elle quelque chose de neuf, venu du monde extérieur, j'avais continué à pousser le vélo comme si de rien n'était. Aucun emplacement n'était prévu sur sa carte pour poser un bouquet de fleurs reçu d'une personne que son fils n'avait pas connue.

À cause de son genou qui n'était pas complètement remis, sa démarche était encore mal assurée. La bicyclette rouillée grinçait comme pour accompagner le raclement de ses semelles sur le sol. Elle avait vendu toutes ses boîtes-repas, le sac isotherme du porte-bagages était vide. Chaque fois que le vent changeait d'orientation, elle tendait l'oreille quasiment malgré elle, avec le même sérieux que lorsque son instrument pendait à son lobe, à la recherche du bruit des pas de son fils.

— C'était délicieux, merci.

Ma cousine a rempli mon gobelet de thé chaud. Une fois le déjeuner fini, je n'avais plus grand-chose à faire. Nous sommes restées toutes les deux à contempler le jardin par-delà la fenêtre, sans parler ni écouter la radio.

L'ancienne loge du gardien, une masure d'une seule pièce, offrait dans son espace réduit tout ce qu'il fallait pour vivre, et on s'y sentait bien. La partie nuit, la cuisine, et le lavabo étaient protégés par l'ordre qu'elle y avait instauré en y réfléchissant longuement. Bien qu'elle prépare ici ses boîtes-repas, le matériel de cuisine était ordinaire et bon marché, sa cuisinière n'avait que deux feux, et l'évier était petit. Mais rien ne traînait, tout était bien astiqué. Chaque objet, des flacons de médicaments jusqu'au bloc-notes posé sur sa table de nuit, avait un sens et se trouvait sagement à la place qu'elle leur avait assignée, dans une suite de formes dont aucune n'était encombrante. Quand je buvais du thé chez ma cousine, j'avais parfois l'impression de m'être égarée dans une des boîtes en verre de l'auditorium.

— Et la prochaine fois que tu viendras à l'auditorium, ce sera quand ?

— Au moment de la cérémonie de remise des diplômes, je pense.

Son fils allait avoir l'âge de finir ses études à l'université.

— Ah oui, c'est une bonne idée.

— Je me demande ce que je pourrais lui offrir, dit-elle, ni comme si elle pensait tout haut, ni sur un ton interrogatif.

— Euh… Tu ne crois pas qu'un livre, ça serait bien ? ai-je répondu en regardant la pile de ceux de la bibliothèque sur la table. Tu les connais mieux que personne, et je suis sûre que tu trouveras exactement ce qu'il faut.

— Oui.

— Et puis comme ça, tu pourrais lire le même… que lui…

Je ne savais jamais comment appeler son fils mort. Je n'osais pas dire son nom, cela me semblait trop brutal, mais je n'avais pas non plus imaginé une autre façon de parler de lui. Elle accepta tout de suite ma proposition, sans remarquer mon hésitation.

— Un livre. C'est une bonne idée. Lire le même à deux, ce sera comme s'écrire, répondit-elle en esquissant un sourire.

Dans la fenêtre qui donnait à l'est se reflétaient le portail à la peinture écaillée et le jardin envahi d'herbes folles. On ne voyait même pas le haut du toit de la demeure principale qui se dressait pourtant de l'autre côté des arbres, dont rien n'indiquait la présence. Je n'ai jamais vu les gens qui vivent là-bas. Le vélo qui servait aux boîtes-repas était appuyé sans façon au portail.

Après mon départ, ma cousine devait passer le week-end à lire les livres de la bibliothèque, et à partir du lundi, reprendre sa lecture jusqu'à la nuit quand elle rentrait chez elle après avoir tout vendu. Je ne pouvais pas me figurer qu'elle ait autre chose à faire. Elle saisissait le premier livre de la pile, le mettait sous son lit après l'avoir lu, et passait au suivant. Quand je revenais chez elle, je rapportais à la bibliothèque ceux qu'elle sortait de sous le matelas et créais une nouvelle pile sur sa table. Puis cela recommençait.

— J'envie les livres de la bibliothèque, m'a-t-elle dit un jour. Parce qu'ils ne s'arrêtent pas, ils viennent et repartent. Ils ne laissent qu'un tout petit peu d'invisible. Ils n'ont rien d'impudent. Et sont discrets.

Même si un livre lui plaisait beaucoup, elle ne cherchait pas à l'acheter pour le garder près d'elle. Les œuvres d'auteurs morts qui ne tarderaient pas à la quitter étaient ses seuls interlocuteurs. Ce qui avait le droit de demeurer dans l'ancienne loge du gardien se limitait aux choses ayant une modestie appropriée à la taille de l'endroit. Le bouquet était disqualifié. Elle agissait avec circonspection pour vérifier que le cadre de sa vie ne dépassait pas les limites définies par son fils. Cela revenait à réfléchir à ce que pouvaient contenir les boîtes en verre de l'auditorium.

— Je vais te laisser, dis-je en me levant après avoir fini mon thé.

— Eh bien, pour la prochaine fois…

Elle a sorti d'un tiroir du buffet de la cuisine un papier sur lequel était écrite une liste de livres.

— D'accord.

Je l'ai plié et je l'ai rangé dans une poche. Elle prévoyait longtemps à l'avance les livres à emprunter. Le tiroir était rempli de listes. Les auteurs morts pouvaient attendre patiemment leur tour.

Un dimanche, tôt le matin, la destruction à l'explosif de l'ancienne maternité, reportée à trois reprises à cause des conditions météorologiques, a enfin eu lieu. Chaque fois qu'elle avait été annulée, parce qu'il pleuvait sans cesse ou que le vent soufflait trop fort en charriant de la poussière de sable, les gens avaient commencé, sans oser le dire tout haut, à avoir le pressentiment que la maternité échapperait peut-être à la démolition. Il y en avait même pour penser que cela ne dérangerait personne qu'elle reste là où elle était.

La zone peu fréquentée où elle se trouvait, entourée d'une voie de chemin de fer à l'abandon et d'un long talus où poussait une mousse à la couleur sinistre, favorisée par l'humidité du sol, ne paraissait certes pas un emplacement approprié pour de nouvelles constructions. Le bâtiment de l'ancienne maternité s'y dressait solitaire, sans gêner personne. Bien des années s'étaient écoulées depuis que les bébés avaient cessé d'y naître.

L'immeuble en béton de cinq étages était massif et solide, sans rien d'autre pour attirer l'œil que la citerne à eau sur son toit et les fenêtres régulièrement alignées de sa façade. L'intérieur avait été piétiné par ceux venus y chercher de petites fioles de verre pour en faire des instruments de musique, ses murs étaient fissurés, et la mousse commençait à envahir le sol, mais cela ne changeait rien au fait qu'autrefois la maternité était remplie de bébés. Rien ne pouvait éroder le souvenir de ces nouveau-nés.

Ce jour-là, dès l'aube, il faisait un temps idéal pour l'explosion, comme pour anéantir le vague pressentiment de chacun. La rosée matinale s'était évaporée dès l'apparition du soleil, il n'y avait pas le moindre nuage menaçant dans le ciel, et la brise était de temps à autre si légère qu'elle en était presque imperceptible. Les spectateurs qui s'étaient hissés sur le talus attendaient le moment crucial, serrés les uns aux autres. Certains observaient attentivement les alentours, croyant une nouvelle annulation possible, à cause d'un mauvais fonctionnement des explosifs ou d'une altération soudaine du temps, d'autres ne pensaient qu'au spectacle grandiose auquel ils allaient assister. Ils étaient tous nés dans cette maternité.

Bientôt tout fut prêt. À l'intérieur du périmètre de sécurité délimité par une corde que nul ne devait franchir, aucun technicien n'était visible, ni aucun mouvement, hormis celui des oiseaux qui voletaient au-dessus de la citerne. Le soleil matinal qui illuminait graduellement la façade est se faisait plus fort mais même en plissant les yeux, on ne voyait que l'obscurité derrière les fenêtres aux vitres brisées. Tous les objets qui avaient servi aux nouveau-nés, berceaux, baignoires pour bébés, balances et biberons, avaient disparu. La lumière ne se posait sur rien dans l'obscurité de l'intérieur.

C'était la première fois que je revenais sur le talus de la berge depuis mon enfance. Autrefois, mon petit frère et moi avions trouvé au bord de la rivière un chiot au pelage si blanc qu'il ressemblait à une peluche, et nous avions joué à le faire rouler sur le talus. Lorsque j'avais dit qu'à force de dévaler la pente, il se transformerait en une magnifique balle blanche toute douce, mon frère m'avait crue tout de suite, oubliant l'échec de la déformation de la mante religieuse. Lorsque nous avions lancé le chiot impatient que nous avions réussi à maîtriser, il avait roulé en boule sur la surface couverte de trèfle blanc. Bien qu'il ait essayé de courir sur ses pattes, elles étaient trop courtes et ne lui avaient quasiment pas servi, s'enfonçant dans son tronc ; il avait été emporté par cette force qui le dépassait, transformé en une boule de poils. Une fois en bas, le chiot et mon petit frère avaient poussé des cris excités et sauté en l'air. Il l'avait pris dans ses bras pour remonter en haut de la pente et avait répété plusieurs fois ce manège. Chaque fois, le chiot roulait consciencieusement sur lui-même. Sa petite langue rose tremblotante était visible dans la masse de poils blancs.

Je ne me rappelle pas si à cette époque des enfants naissaient encore à la maternité. La seule chose dont je me souviens est que mon petit frère aussi y avait vu le jour.

Le chiot qui ne s'était pas transformé en une magnifique balle blanche avait été emporté par la rivière gonflée, un jour de typhon. Mouillé, deux fois plus petit que sec, son pelage qui avait pris la couleur de l'eau boueuse n'avait plus une trace de blanc, et il s'était trop éloigné pour que nous puissions le repêcher, tantôt flottant, tantôt disparaissant dans les remous.

Une gare de triage se trouvait au bout de la ligne de chemin de fer qui passait au nord de l'ancienne maternité. On y voyait plusieurs voies, deux tours métalliques, et un wagon qui y était resté pour une raison inconnue. Tout était rouillé. Débarrassée de ses chaises longues et de ses pare-soleil, la terrasse sud où les femmes qui venaient d'accoucher prenaient autrefois le soleil exposait son sol en béton noirci. Seul le cycas du Japon devant le porche avait conservé sa vigueur. Son tronc épais, couvert d'écailles dures, qui faisait bloc avec ses racines, se séparait en plusieurs branches. Ses grandes feuilles pointues vert vif se dressaient droit vers le ciel.

L'air qui venait de la rivière était glacé, de la buée blanche sortait de la bouche des spectateurs. Les mains enfoncées dans les poches, nous essayions de tromper le froid en nous rapprochant le plus possible les uns des autres.

— D'après ce que je sais, ce sera après le carillon de la mairie.

— C'est ce qui donnera le signal ?

— Le compte à rebours commencera à ce moment-là.

— À ce qu'il paraît, les explosifs sont ultramodernes.

— Leur puissance sera limitée mais ils causeront une destruction maximale.

— Donc, si ça se trouve, ce ne sera pas très spectaculaire.

Certains dévoilaient les informations qu'ils avaient glanées quelque part. D'autres les écoutaient docilement, hochant la tête, manifestant de la surprise ou posant des questions.

Lorsque s'installa le silence, chacun essaya de se souvenir de ce qu'il avait vu au moment de sa naissance ici. Du numéro de la chambre de sa mère, de la couleur des lampes de la nursery, du motif brodé sur la première brassière, de savoir s'il avait vu une balle blanche et douce rouler en boule sur le talus… Mais même en fermant les yeux, je ne voyais que l'obscurité semblable à celle qui remplissait l'espace par-delà les fenêtres.

Les haut-parleurs de la mairie ont diffusé la musique du carillon. Une mélodie en *ut* mineur, que tous les gens d'ici connaissent, une danse ou un chant anciens. Nous nous sommes regardés, et nous avons commencé à serrer les poings dans nos poches. Le son tremblant qui grinçait par moments, peut-être parce que la bande était vieille, se mêlait à l'air froid au-dessus de la rivière, traversait le trèfle blanc humide de la rosée du matin et arrivait jusqu'à nos oreilles. Bien que nous connaissions tous la mélodie depuis notre naissance, personne ne savait comment elle s'appelait.

— On dirait le premier cri d'un nouveau-né, murmura quelqu'un.

Puis tout le monde a fait oui de la tête, en silence. Tout bien pensé, aucun d'entre nous n'en avait probablement entendu, mais nous étions d'accord avec cette affirmation. La maternité existait encore. Les dernières notes de la mélodie ont dansé dans le vent avant de disparaître, absorbées par les fenêtres. Nous avions l'impression qu'en scrutant leur obscurité, nous percevions des cris de nouveau-nés qui s'entassaient comme les strates du sol. Nous avons rouvert les yeux.

Nous n'entendions pas le compte à rebours que quelqu'un avait mentionné. En guise de signal, il y eut un court silence. Le bruit de l'explosion a retenti ensuite, comme si tous les gens rassemblés sur la rive avaient fermé les yeux un instant. Il était bien plus violent, plus rude, plus long que nous l'avions imaginé. Au point que nous étions incapables de comprendre ce qui se passait. Les oiseaux aquatiques se sont envolés sans un seul battement d'ailes. La terre a tremblé, les vibrations se sont transmises du sol à la semelle de nos chaussures. Nous avons sorti les mains de nos poches et agrippé les bras de nos voisins, pour rester soudés.

La maternité était bien plus imposante que les spectateurs. Des étincelles orange jaillirent d'abord de l'intervalle entre son socle et la terre, et le rez-de-chaussée disparut au moment où la première fumée montait. Sans offrir aucune résistance disgracieuse, le bâtiment regarda sa base et se pencha en avant comme s'il était prêt, puis, entraîné par son propre poids, tomba lentement dans le nuage de terre qui montait du sol. La maternité ne déborda pas de l'espace qui lui avait été alloué. L'écroulement d'un géant réfléchi qui avait tout compris et s'effondrait tel qu'il était, sans désespoir ni résignation. Un soupir collectif monta de l'assistance.

Le nuage de terre qui avait aspiré les débris, les petits cailloux et la poussière enfla encore plus en s'unissant à la fumée. Il engloutit immédiatement les ruines, cachant la gare de triage et le cycas du Japon, il tenta de s'arracher à la terre pour se diriger vers le talus, accompagné par une odeur indiciblement désagréable. Par intermittence, des étincelles illuminaient la fumée. Instinctivement, nous avons fait un pas en arrière et nous sommes couvert la bouche du col de nos manteaux. Nous avons entendu de petites détonations à intervalles irréguliers, peut-être parce qu'il restait quelques explosifs, sans rien voir à cause de la fumée dense comme un nuage de pluie. La seule chose certaine était qu'au-delà, la maternité n'était plus.

Nous ne pouvions qu'attendre. Nous sommes restés sur place, incapables de déterminer combien de temps nous allions le faire. Tout le monde se tenait coi.

Notre inaction eut une durée incertaine. J'avais les orteils engourdis, je ne sentais plus rien. En les remuant dans mes chaussures, je me suis rendu compte que le sol avait cessé de vibrer. Les oiseaux aquatiques revinrent de nulle part. Après avoir un instant survolé le lit majeur de la rivière, ils descendirent vers la surface de l'eau et replièrent leurs ailes en projetant des éclaboussures. Le bruit nous fit nous retourner. Nous constatâmes avec une stupéfaction renouvelée la pureté inchangée du ciel de l'autre rive, et dirigeâmes à nouveau nos regards vers la maternité.

L'énorme nuage de terre et de fumée s'était dégonflé. Avait-il été absorbé par la mousse ou s'était-il dispersé dans l'espace ? Çà et là, des débris fumaient encore ; ailleurs, ils se laissaient facilement emporter par le vent. La maternité avait bien disparu.

Spontanément, nous avons tous descendu le talus. À cause de la longue station immobile dans le froid, nos corps étaient engourdis, nos jambes lourdes. Des femmes ont trébuché dans le trèfle blanc humide de rosée et se sont relevées, la jupe trempée. Nous nous sommes donné la main pour nous aider à nous approcher de la corde. L'espace que nous avons découvert était bien moins grand que ce à quoi je m'attendais. Au lieu d'un monticule ou d'un énorme trou, il n'y avait que des éclats de béton, de la ferraille, et des fragments de plastique éparpillés sur le sol. À moitié enfoncés dans la terre humide, ils dessinaient de nouveaux motifs sur la mousse.

Comment les bébés avaient-ils pu venir au monde dans une cavité aussi petite ?

C'était la question que nous nous posions tous. Nous trouvions incroyable que ce vide insipide et indifférent ait été le lieu des bébés. Nous cherchions tous les ténèbres dans lesquels était ensevelie la strate des premiers cris des nouveau-nés. Nous plissions les yeux, certains que ces ténèbres se cachaient quelque part même après l'effondrement du bâtiment, mais nos yeux ne rencontraient que le ciel transparent. Le cycas du Japon que n'avaient détruit ni le souffle de l'explosion ni le nuage de terre tendait ses feuilles pointues en rayons.

Les gens ne tardèrent pas à oublier que la maternité s'était dressée ici et aussi qu'ils y étaient nés. Il y en avait cependant quelques-uns qui se demandaient ce qui leur faisait inexplicablement dresser l'oreille quand ils marchaient sur le talus. Mais ils auraient été incapables de dire clairement ce qu'ils essayaient d'entendre. On ne percevait plus nulle part les premiers cris des nouveau-nés. Le cycas du Japon qui avait absorbé le fer des débris était toujours plus touffu.

CHAPITRE IV

Ce matin, j'avais presque fini le ménage de l'auditorium lorsqu'un homme est arrivé par la galerie.

— Je m'excuse de venir si tôt.

— Vous n'avez pas à vous excuser.

— Je me suis dit qu'à cette heure-ci, il n'y aurait personne et que je pourrais prendre mon temps.

— Vous ne vous êtes pas trompé.

— Ça ne veut pas dire que je n'aime pas la compagnie.

— Je vous comprends très bien. Je viens juste d'aérer, l'air est pur.

— Oui.

C'était l'homme du casier 12-4 de la rangée B. Il tenait dans la main gauche une petite poupée de doigt. Une petite poupée toute simple, en plastique, avec laquelle on joue en plaçant un doigt dans le tronc vide, comme celles qu'on gagne à la foire ou qu'on trouve dans une boîte-cadeau. Elle avait un ruban rose dans ses cheveux coupés au bol, des yeux ronds et une bouche souriante. Le bout de vichy qui lui servait de jupe lui allait très bien. Son visage n'était dessiné qu'au marqueur, mais elle était charmante et pleine de vie.

— C'est une amie, annonça-t-il, les yeux tournés vers moi, comme pour me la présenter, tout en la mettant sur son majeur gauche.

C'était un père encore jeune. Ses grandes mains n'allaient pas avec son visage empreint de douceur et son corps mince. Ses paumes étaient charnues, les articulations de ses doigts épaisses, mais la force qui en émanait accentuait le charme de la poupée.

Un regard sur la boîte-vitrine faisait comprendre que son enfant était une adorable petite fille. Son lit fait d'allumettes et de brins de bambou était recouvert d'un couvre-lit multicolore en patchwork. Autour de lui étaient disposés un cheval à bascule, une cage à oiseaux et des livres d'images.

— Qu'elle est mignonne…

— Ma fille est à l'âge où on a besoin d'amis.

— Oui, c'est vrai.

— Quand elle arrêtera de sucer son pouce et qu'elle réussira à mettre son pyjama toute seule, elle sera aussi capable de se faire des amis. C'est bien comme ça que ça se passe, n'est-ce pas ?

— Oui, je pense.

— À cet âge-là, on s'en fait partout, au bac à sable du parc, au cours d'harmonium, ou aux réunions de famille…

— Oui.

— Ce seront les premiers de sa vie.

— Oui.

J'ai réfléchi quelques instants avant d'allumer une bougie parfumée au *kasutera**. J'avais soigneusement fermé la fenêtre, mais la flamme tremblait

* Gâteau japonais très moelleux et aéré, à base d'œufs, de farine et de sucre, introduit au Japon par les marchands portugais

légèrement, à cause du vent qui se glissait par je ne sais quel interstice. Une odeur sucrée, un mélange de jaune d'œuf et de sucre cristallisé, se répandit graduellement.

— Et comment s'appelle son amie ? ai-je demandé après avoir posé la bougie devant la boîte en verre, et soufflé sur l'allumette pour l'éteindre.

Il a grommelé quelque chose, posé les yeux sur son majeur, et enfoncé la poupée en tirant sur la jupe en vichy rose.

— Euh… Vous êtes sûre que je peux lui donner un nom ?

— Évidemment.

— C'est vrai que si elle n'a pas de nom, impossible de l'appeler, a-t-il murmuré sans quitter des yeux la poupée de doigt.

— Mais je pense qu'il vaut mieux éviter de lui donner le nom d'une personne qui existe vraiment, ai-je ajouté. Je me souviens de quelqu'un qui l'avait fait. Les deux petites s'entendaient très bien, et celle dont la poupée portait le nom souhaitait qu'il en soit ainsi. Mais peu de temps après…

— Elle est morte, n'est-ce pas ?

— Oui.

— C'est terrible.

— On entend souvent dire que deux personnes qui s'entendent trop bien ne peuvent vivre l'une sans l'autre.

— Oui, c'est vrai…

Hormis les petits oiseaux qui volaient au-dessus de la cime des ginkgos, le calme régnait dans l'auditorium.

présents à Nagasaki à partir du XVIe siècle. *Kasutera* est dérivé du portugais *Pão de Castela.*

Leur ombre projetée par le soleil matinal apparaissait de temps à autre derrière le rideau.

J'ai été la première à rompre le silence.

— Par conséquent… un nom imaginaire est préférable.

— Imaginaire ? a-t-il demandé docilement.

— Inutile de compliquer les choses. Ce à quoi je pense, c'est un nom qui, quand votre fille le dit, lui apporte la sérénité. Qui soit facile à prononcer, qui sonne bien… De toute façon, personne n'ira vous reprocher quoi que ce soit à propos de votre boîte-vitrine, la 12-4 de la rangée B.

Nous sommes restés silencieux, contemplant la flamme de la bougie. Le verre éclairé par la teinte orangée de la flamme rendait encore plus plaisante la chambre d'enfant. Le lit paraissait chaud, les yeux du cheval à bascule pleins de gentillesse, et un livre d'images était ouvert comme si la lecture allait reprendre à tout moment. Sur le majeur, la poupée de doigt attendait sagement que soit résolue la question de son nom.

— Elle s'appelle Stella, souffla-t-il si bas que je l'entendis à peine.

Il a pris la main de la petite fille cachée dans les flammes et a redit son nom, d'un ton grave, comme pour l'inviter à aller là-bas, ou peut-être en imitant la voix que sa fille aurait eue pour appeler son amie. J'ai souri à l'attention de son majeur. J'avais l'impression insensée que l'odeur de *kasutera* était plus forte. Un quart de la bougie s'était consumé, et la cire formait une petite boule granuleuse à sa base.

— C'est un très bon nom.

— Oui.

— Je la vois courir dans un champ de fleurs, le ruban de ses cheveux flottant dans le vent, un sourire aux lèvres.

— Je suis sûr qu'elles vont bien s'entendre, ajouta-t-il.

Il écarta les doigts de la main gauche et la fit tourner. Le bord effiloché de la jupe de la poupée se souleva, elle exprimait de tout son corps sa joie d'avoir un nom.

— Ma fille adore Stella. Tellement qu'elle ne se lasse jamais de jouer avec elle et qu'elle en oublie l'arrivée de la nuit.

Il pliait et dépliait le majeur, le faisait aller d'avant en arrière, l'approchant parfois tout près de la boîte en verre. Elle était parfaitement à l'aise au bout de son doigt. En faisait à sa guise. Sautant, fredonnant une chanson, battant des mains en mesure. Chaque fois que la flamme vacillait, son expression changeait. J'avais même l'impression de voir ses jambes sautiller alors qu'elle n'en avait pas. Sa main solide supportait tout ce qu'elle tentait.

— Elles s'amusent à qui trouvera le plus de trèfles à quatre feuilles. À imiter les personnages d'un livre d'images. Elles se partagent une tranche de gâteau. Se disputent au sujet de qui a la plus grosse part. Et se réconcilient en jouant à pierre, feuille, ciseaux. Elles ne sont jamais à court de jeux, dit-il.

J'ai hoché la tête en le regardant de profil. Son menton fin avait gardé quelque chose d'enfantin, au point qu'il paraissait assez jeune pour faire le fou avec un ami. Mais il y avait dans son regard une ombre profonde qui contredisait ce reliquat d'âge tendre. À cause de cette ombre, la chambre d'enfant de la boîte en verre était encore plus nette dans sa pupille.

— Elles font des coloriages. S'entraînent à faire des battements de jambe en natation. Se montrent des tours de prestidigitation. Se racontent leurs secrets.

Tout en remuant le majeur, il énumérait ces choses amusantes. La poupée de doigt ne cessait de s'agiter, visiblement ravie.

— Elles jouent à cache-cache dans la gare de triage. Médisent d'un garçon méchant. Apprennent de nouvelles figures au jeu de ficelle. Vont voir les cygnes du canal.

J'approuvais tout ce qu'il disait. Je n'avais aucun mal à visualiser chacune de ces actions. Les mouvements de la poupée de doigt montraient à quel point les petites s'amusaient. Il ne marquait aucune hésitation, ne se trompait jamais. Du même ton que s'il lisait une liste soigneusement préparée à l'avance, qu'il gardait précieusement en lui.

— Elles se mettent en cachette du parfum de leurs mamans. Font des pointes dans leurs pantoufles, comme si c'étaient des chaussons de danse. Se donnent l'une à l'autre un trèfle à quatre feuilles comme symbole de leur amitié.

La liste n'était pas finie. J'étais surprise qu'elle soit si longue, qu'il y ait tant de choses que deux petites filles pouvaient faire.

La bougie était presque consumée, sa flamme tremblotait de plus en plus, mais elle continuait à émettre la même odeur sucrée. Les petits oiseaux avaient quitté les ginkgos, leur gazouillis avait cessé. Mais aucun pas ne résonnait dans la galerie. De derrière la scène, sur le panneau vernis, le vieil homme qui tenait dans sa main les graines de navet géant nous regardait du coin de l'œil. Sa voix qui montait du plancher se mêlait à l'air pur et froid, enveloppant de plusieurs épaisseurs la boîte en verre qu'elle protégeait.

Soudain, j'ai remarqué que la voix s'était tue, et que le père serrait à présent la poupée de doigt au majeur de sa main gauche, avec une telle tendresse que l'enlever semblait impossible. Son haleine laissait une trace blanche sur le verre de la boîte. Le silence qui emplit la pièce disait que sa bouche s'était fermée non parce qu'il était arrivé au bout de sa liste, mais parce qu'il ne savait que faire car il aurait pu continuer à l'infini.

Il saisit la poupée par les joues, attentif à ne pas lui faire mal. Elle ouvrit des yeux encore plus ronds, fit la moue, avec une expression malicieuse, comme pour rendre le silence moins pesant. J'éteignis la bougie une fois que je l'avais vu l'enlever de son doigt et la ranger dans la boîte-vitrine. La flamme se transforma en une fumée toute droite, qui s'inclina ensuite emportant avec elle l'odeur de gâteau.

Stella était épuisée. Elle s'était assise à côté du cheval à bascule, le dos contre le lit, sagement immobile. Il scruta longtemps la boîte en verre, cherchant sa fille qui se reflétait dans les yeux de la poupée de doigt.

Bien que cela me paraisse impossible, les caractères des lettres que M. Baryton reçoit de sa bien-aimée continuent à s'amenuiser. Dans chaque nouvelle lettre ils remplissent des espaces que je n'avais pas remarqués dans la précédente, de quelque manière que je plisse les yeux. Qui n'étaient plus des blancs ou des espaces ou des creux, mais quelque chose que je ne pourrais décrire que comme du vide venu de l'autre côté de la feuille.

Je m'interroge sur l'instrument dont elle se sert pour écrire. Je réfléchis longtemps à la forme que peut avoir la pointe de stylo capable d'écrire des caractères dans le vide, sans voir rien d'autre que la corde d'une lyre du concert de soi à soi. Rien à ma connaissance n'est plus fin qu'un cheveu d'enfant mort.

Le jour où je dois me concentrer sur une lettre, je me lève avant l'aube et me mets au travail après avoir fait le ménage de l'auditorium, au moment où le soleil du matin apparaît. Cette lumière merveilleusement douce, ni trop forte ni trop faible, convient pour démêler les caractères enchevêtrés. Par chance, l'ancienne salle des maîtres a plusieurs fenêtres, et je change souvent de table pour m'asseoir à la plus exposée aux rayons du soleil.

Malgré l'expérience que j'ai accumulée, je ne les déchiffre pas plus vite, mais j'ai l'impression de mieux savoir comment procéder. L'important, ce n'est pas de les agrandir, mais avant tout d'avoir la bonne lumière, de bien percevoir la profondeur grâce à celle-ci, d'aborder les caractères tombés dans les plis du papier avec un soin particulier, et de s'interdire de spéculer, de s'impatienter et de tricher. Avec la pratique, j'acquiers un à un les points essentiels.

Par exemple, lorsque j'essaie d'extraire un caractère, même si à première vue ce n'en est pas un mais un simple rond noir, il se révèle être écrit avec un niveau d'exactitude surprenant. Il ne manque jamais un rebond ou un point même lorsque celui-ci n'est pas absolument indispensable. Cette rigueur montre la profondeur de son amour pour M. Baryton. Moi, l'unique déchiffreuse de ces lettres, je le sais.

Je regarde un feuillet à la lumière qui entre par la vitre, et à force de fixer un rond noir, en ayant peur de cligner des yeux, je comprends que ce n'est que la surface de plusieurs strates tridimensionnelles, en largeur, en diagonale et en cercle, sous laquelle se cache un espace qui nécessite une investigation. La nouvelle figure créée par les strates qui tantôt s'entremêlent tantôt se contrarient est inédite et mystérieuse, mais je n'ai pas le loisir de l'admirer. M. Baryton pourrait arriver à tout moment et s'essuyer les pieds sur le paillasson de l'entrée.

Décoller une à une ces strates est la tâche qui exige le plus de minutie. Il faut établir avec précision à laquelle appartiennent les traits horizontaux, verticaux, les rebonds, les points et les fondus, en discernant l'orientation et en ajustant la puissance. Les figures qui recèlent énigmes et nouveautés sont belles, comme l'est le processus de démêlage. C'est pour cette raison que je sais tout de suite si je me trompe. Un bruit dissonant résonne dans la terre sombre. Je reviens vite en arrière et je corrige.

Petit à petit, un caractère émerge dans l'obscurité noir de jais. Celui qui apparaît a la froideur minérale d'un fossile venant de sortir de terre, et la profondeur de son silence est oppressante. Alors qu'aucun regard ne l'a effleuré depuis longtemps, il garde sa forme immuable, sans trembler. Je me prosterne devant ce caractère comme une servante et, habitée de la crainte de mal faire, je restaure son apparence en dégageant les poussières d'obscurité qui restent à sa surface.

La bien-aimée de M. Baryton sait-elle que je lis ses lettres ? Ou bien est-ce un secret entre lui et moi ? Si c'est le cas, cela signifie qu'elle ne doit surtout pas le découvrir.

Tout ce qui est écrit dans ses lettres sont des mots d'amour. Les caractères sans rapport à l'amour

– salutations de saison, nouvelles personnelles, informations pratiques – n'ont aucune place où s'immiscer. Ce qu'elle pense dépasse toujours mon anticipation. Même lorsque je conçois une supposition sur la phrase qui va suivre, je fais en général fausse route. Son amour qui possède à la fois l'audace perceptible dans ses lettres singulières et la subtilité nécessaire pour consacrer une telle énergie à chaque caractère met aisément à mal mes conjectures.

Je suis parfois saisie d'une angoisse insupportable : combien de temps encore vais-je jouer mon rôle dans le labyrinthe qui devient de plus en plus complexe, où la densité du noir s'intensifie ? Le pressentiment qu'arrivera bientôt le moment où je ne pourrai plus répondre aux attentes de M. Baryton, qui m'a pourtant accordé sa confiance, me tourmente. Mais je continue à ramper seule dans le monde des lettres en me faisant encore plus petite que lorsque je suis assise sur une des chaises destinées aux anciens élèves de l'école maternelle, ou que mon visage se reflète dans le miroir des toilettes. J'erre dans ses moindres recoins, pour sauver les mots qui y sont gravés sans en abandonner un seul.

Mais ce qui me préoccupe le plus n'est pas tant de ne plus réussir à déchiffrer les caractères qui ne cessent de s'amenuiser que l'intuition que bientôt je ne pourrai plus revenir des ténèbres des lettres.

— Je voudrais, si vous pouvez l'accepter, que vous me lisiez cette lettre à voix haute, ici et maintenant, a chanté sans préambule M. Baryton un jour.

Je ne savais toujours pas quoi répondre lorsque la dernière vibration de sa voix s'est éteinte. Son beau baryton qui me ravissait n'avait pas changé.

Le soir tombait sur la cour de l'école. Nous étions convenus qu'il m'apporte les lettres en fin de journée, lorsque la lumière était trop faible pour que je puisse les déchiffrer.

— Je l'ai remise en ordre.

Je pris dans la corbeille des "déchiffrées" plusieurs feuillets en faisant du bruit, comme pour lui faire oublier que je ne lui avais pas répondu.

— J'ai réussi à la finir aujourd'hui. Ces derniers temps, le déchiffrage me prend beaucoup de temps, et je vous prie de m'en excuser.

Les lettres se faisaient plus longues, et le nombre de jours que M. Baryton devait attendre pour les lire ne cessait d'augmenter.

— Vous avez hâte de les lire, n'est-ce pas ? C'est normal. Ce sont des lettres de la personne qui vous est chère. Et elle doit attendre les vôtres avec autant d'impatience.

Je me suis rendu compte que je n'avais jamais lu ne serait-ce qu'une ligne de celles qu'il écrivait à sa bien-aimée. Je ne pouvais pas deviner si elles étaient à la hauteur de celles qu'il recevait. J'ignorais tout, s'il les écrivait en caractères d'une taille appropriée, en faisant des lignes bien ordonnées, et même s'il lui répondait tout court. Mes yeux n'avaient vu que ses caractères noirs à elle, dissimulés dans les ténèbres.

— Les mots que vous écrivez, Monsieur Baryton, doivent-ils être chantés ?

La question sortit soudain de ma bouche.

— Elle qui lit vos lettres, peut-elle entendre votre voix ? Ou bien les mots sur le papier à lettres ne sont que des caractères bien sages ?

Il ne nia ni n'acquiesça, ses lèvres ne bougèrent pas.

— J'imagine qu'il y a à l'hôpital une pièce destinée à la correspondance.

Je changeais de sujet en faisant semblant de penser tout haut. Je ne voyais pas comment faire autrement.

— Parfois je me demande à quoi cette pièce ressemble quand je suis en train de remettre en ordre les lettres, ai-je ajouté.

Je savais que, quoi qu'il arrive, M. Baryton ne parlait pas de sa bien-aimée, mais j'ai continué :

— Je me souviens que dans un roman que j'ai lu autrefois avec ma cousine, il était question de "cabinets d'écriture pour la sérénité". Des espaces situés par exemple dans un immeuble commercial donnant sur la ruelle d'un quartier d'affaires, ou dans une chambre reconvertie d'un hôtel de long séjour décati, à proximité d'une station thermale. Des lieux faciles à trouver un peu partout, à condition de faire attention, littéralement destinés à se rassurer par l'écriture. Ça vous dit quelque chose ? Pour écrire un article universitaire, un journal intime, une rédaction, un CV, une copie manuscrite d'un livre, et bien sûr une lettre. Tout est permis tant qu'il s'agit d'écrire. Le héros du roman était le gardien d'un de ces cabinets d'écriture.

M. Baryton m'écoutait en silence.

— Dans ces cabinets, il n'y a que des bureaux, alignés, légèrement en diagonale, rien d'autre. Sinon peut-être un ou deux encriers sur les tables, qui servent aussi à rappeler la fonction de la pièce, mais c'est tout. Quelqu'un en quête de sérénité qui n'aurait rien à écrire n'a pas non plus de souci à se faire. Parce que les gens confient aux responsables de ces lieux des textes à remettre au propre. Que les tâches confiées aux cabinets d'écriture sont toujours réalisées avec soin, ça se sait.

Les mains croisées sur le bureau de la directrice, M. Baryton baissait les yeux vers les creux entre ses doigts. Son attitude montrait qu'il faisait attention à ne pas se mettre à chanter tout à coup, alors qu'il n'avait pas besoin de se préoccuper à ce sujet.

— Tout a sans doute commencé lorsque quelqu'un s'est rendu compte que le bruit produit par l'écriture apaisait. Ne trouvez-vous pas cette découverte importante ? Le silence règne évidemment dans ces espaces. Bien qu'ils soient remplis à ras bord de caractères, leur silence est assourdissant. Il n'y a que là qu'il a cette qualité. Le plancher est immaculé, les carreaux des fenêtres d'une transparence parfaite, et les bureaux qui luisent d'un éclat sombre sont frais sous la paume. La plume court sur le papier, l'encre y pénètre, la chaise craque un peu, signes de la présence de personnes en train d'écrire. Mais le responsable du cabinet, assis discrètement dans un coin de la pièce, les entend comme le bruit produit par chaque caractère en allant sur le papier.

La lumière qui entrait par la fenêtre baissait, le ciel changeait de couleur cran par cran, l'obscurité enveloppait l'autre côté du passage couvert. Chaque bouffée de vent la faisait se balancer en même temps que les branches des ginkgos. La lune cachée par les arbres, ou peut-être si fine que les espaces entre les nuages la dissimulaient, était invisible.

— Cette lettre a d'ailleurs dû être écrite dans un silence du même ordre.

J'en rassemblai les feuillets, vérifiai une dernière fois que pas une page ne manquait, et la plaçai dans le dossier habituel, sur lequel était écrit : "Programme du spectacle annuel".

— Et peut-être est-elle en train d'écrire à ce moment précis. Dans le "cabinet d'écriture pour la sérénité".

— Non, pour moi, cette ancienne salle des maîtres est le "cabinet d'écriture pour la sérénité".

Je sursautai, surprise par sa voix, et le regardai. Il ne releva pas les yeux qu'il avait toujours baissés vers le bureau.

— J'ai une faveur à vous demander. S'il vous plaît, lisez la lettre à haute voix, chanta-t-il de nouveau.

— J'ai fini de la recopier, vous n'aurez aucun mal à la lire.

— Je le sais.

— Si vous tenez à connaître son contenu au plus vite, vous n'avez qu'à la lire ici. Je vais vous laisser seul.

— Non.

Il m'a empêchée de quitter mon siège. Son baryton et ma voix se répondaient naturellement, sans fausse hésitation ni écart de mesure, sans que l'un attire l'attention parce qu'il était en avance sur l'autre. Sa voix filait tout droit, beaucoup plus loin que la cage à poules, mais au lieu de disparaître elle revenait toujours dans mes oreilles. Et elle faisait vibrer mes tympans avec la dernière onde sonore, la plus importante, celle qu'il avait gardée pour la fin.

— Je veux entendre votre voix. Celle de l'unique scriptrice.

La poitrine de M. Baryton qui se gonflait à chacune de ses inspirations était juste devant mes yeux. Ah, je connais cette mélodie, mais où l'ai-je donc entendue, ai-je pensé. Tout en réfléchissant à ce que j'aillais lui répondre, le dossier à la main, j'essayais de me souvenir de son titre.

— Je vous en supplie, je vous en supplie…

Je n'entendais que sa voix. J'ai eu l'impression que le silence de la salle des maîtres qui continuait à attendre les élèves, et le bruit des lettres qui remplissaient le cabinet d'écriture se ressemblaient beaucoup. Quand je passais des heures à mettre en ordre les lettres, il m'arrivait de jeter un regard surpris sur la cour de l'école, parce que j'avais pris le bruit du stylo sur le papier pour celui des petits pieds des élèves sur le sol. Même si le premier disparaissait quand j'interrompais l'écriture, je ne pouvais m'empêcher de chercher des yeux leurs silhouettes sur la cage à poules.

— Ah… me suis-je involontairement exclamée.

Je venais de comprendre que c'était la mélodie du carillon de la mairie pour annoncer l'heure. En *ut* mineur, connue de tous les habitants de la ville, dont personne ne savait le titre, qui ressemblait à une chanson ou à une danse. Que depuis toujours quelqu'un de bien intentionné diffusait tous les jours à heure fixe, et qui avait servi de signal à la démolition à l'explosif de la maternité.

Dans le soleil déclinant du crépuscule, nous avons marché tous les deux dans la cour de l'école. En traversant les massifs de fleurs, en passant entre la balançoire, le toboggan et le bac à sable, en faisant le tour de l'auditorium après avoir contourné la cage à poules. La végétation de la cour qui n'avait pas été entretenue depuis longtemps était luxuriante. M. Baryton a poussé de côté les arbres morts, écarté les lianes entremêlées, chassé les toiles d'araignée. Partout apparaissaient des obstacles, racines émergeant de terre, fossés remplis de feuilles mortes, tricycles en pièces, cadavres d'oiseaux dévorés par les vers… Je me sentais en sécurité car chaque fois qu'il en remarquait un, il me prenait le bras et me guidait vers une direction sûre. Je n'avais qu'à me consacrer à la lecture à voix haute de la lettre.

La chemise du "Programme du spectacle annuel" fournissait un support d'une taille et d'une dureté parfaites pour lire en marchant. Je la tenais ouverte et lisais une phrase après l'autre, en faisant attention à ne pas me tromper. Quand je pensais à l'opiniâtreté avec laquelle sa bien-aimée avait enterré ses mots dans les profondeurs des ténèbres, et à l'énergie qu'il m'avait fallu pour les mettre au jour, je ne pouvais négliger aucun caractère.

Quand j'ai commencé, je ne savais comment placer ma voix et manifestais ma nervosité en caressant le dos du dossier ou en toussotant. À la différence de la voix chantée de M. Baryton, la mienne se dispersait aisément, et j'avais l'impression qu'au lieu de l'atteindre, elle n'arrivait nulle part. C'était très différent de la lecture d'un livre d'images ou de la narration d'un conte de *kamishibaï* pour élèves de l'école maternelle. Mais M. Baryton se taisait, ne faisant aucune remarque.

Les souvenirs de leur premier voyage, de l'amour qu'ils avaient si souvent fait dans la loge du gardien de nuit du musée d'histoire locale, l'avancement du pull décoré du motif de ses empreintes digitales, qu'elle lui tricotait pour son prochain anniversaire, la liste des restaurants où elle voulait aller avec lui une fois qu'elle serait sortie de l'hôpital, les plats qu'il convenait d'y commander, ses idées de nouveaux instruments de musique pour le concert de soi à soi, les adresses sans fin au bébé parti dans l'autre monde…

Bien que le soleil fût en train de disparaître, il restait assez de lumière pour lire la lettre. Page après page, les mots de sa bien-aimée jaillissaient sans interruption. Comme mon regard était fixé sur les lignes, je ne voyais pas l'expression de M. Baryton, mais je sentais la chaleur que me transmettait son épaule. Petit à petit, je compris que je n'avais qu'à offrir doucement les mots à cette chaleur, qu'à m'assurer qu'elle réchauffe ces caractères glacés par la profondeur des ténèbres. Le chuintement des fruits de ginkgo que nos pieds écrasaient, le froissement des feuilles mortes sous nos pas s'unissaient à ma voix pour nous envelopper.

Par les interstices de la cage à poules, je voyais la lumière qui filtrait de la salle des maîtres. Les bords du toboggan s'étaient détachés, la balançoire penchait, de la mauvaise herbe poussait dans les fissures du fond de la piscine. Seule la masse de l'auditorium délimitait un contour immuable. Nous en avons fait le tour deux, puis trois fois, en piétinant les feuilles de ginkgo. Les âmes qui reposaient dans l'enceinte de l'auditorium gardaient le silence, sans se laisser déranger par le bruit de nos pas ou la lecture.

> Le mouvement de ta main, l'odeur de tes lèvres, la forme de ta langue, les punitions que je m'infligeais pour te prouver mon amour (passer toute une soirée en plein hiver debout sur le balcon vêtue seulement de sous-vêtements, manger une pomme pourrie, m'arracher tous les cils, garder toute une nuit la bouche pleine de bain de bouche), la marche à suivre pour se tatouer nos deux initiales à un endroit secret, l'utilisation du patchwork fabriqué à partir des pièces de la première brassière décousue…

J'ai continué à lire même lorsqu'il a fait complètement nuit et que la seule chose que je distinguais vaguement dans l'obscurité était la blancheur de mon doigt. Comparée à son écriture, celle dans laquelle j'avais transcrit ses caractères était ennuyeuse et dénuée d'intérêt, mais ces mots d'amour sont parvenus dans leur intégralité par ma voix aux oreilles de M. Baryton.

Lorsque je pressens que la nuit sera longue, particulièrement quand la corbeille "déchiffrées" est vide parce qu'il est reparti avec la dernière lettre, j'ouvre toujours le même livre. La biographie d'un artiste, un volume très épais, avec une chronologie et un appareil de notes détaillées. Chacun des vingt-deux chapitres qui la composent porte un titre attractif, le nom d'une de ses œuvres, et il y a au milieu de l'ouvrage une série de photos où on le voit de la jeunesse à la vieillesse. Je l'ai lu si souvent que les fils de la reliure sont distendus par endroits, et que demeure sur la couverture la trace brunâtre de mes doigts. Il ne m'en est que plus cher, car sitôt que je l'ai dans les mains, il n'existe que pour moi.

Il est posé sur ma table de nuit aux côtés de mon collyre, de ma pommade antidémangeaison et de mon spray désinfectant pour la gorge. De la même manière que je ne peux envisager de déplacer les objets qui se trouvent dans ma chambre depuis le temps où elle était l'infirmerie, cette biographie ne quitte pas sa place.

Je m'allonge sur le lit de camp, prends le livre et l'ouvre aussi naturellement que je remonte la couette jusque sous mon menton. Je suis tout aussi incapable de me souvenir depuis combien de temps il se trouve à l'infirmerie que du reste, et je ne peux que m'imaginer qu'une des enseignantes de l'école maternelle aimait le lire.

Le lit est bien sûr petit. Si j'y allonge les jambes, elles dépassent à partir des chevilles. Juste assez large pour que je puisse m'y retourner, il est simple au point d'être presque moins un lit que la plus petite boîte où puisse se tenir un être humain. Les restes d'autocollants de héros, princesses ou ours, qui subsistent sur ses montants en bois sont les seuls vestiges de l'époque où il réconfortait les enfants malades. Il est assez grand pour me contenir sans peine. Cela ne me demande aucun effort particulier ni ne me cause aucune douleur. J'ai même le sentiment que cette boîte a été conçue pour moi.

Ma prédilection pour ce livre quand je suis dans ce lit est peut-être liée au fait que cette biographie est celle d'un artiste dont les œuvres avaient la forme de boîtes dans lesquelles il disposait des objets qu'il avait ramassés çà et là. Lorsque j'ai lu dans la préface que : "pour lui, les boîtes sont les corps des morts, et leur contenu, la parole qu'ils ont perdue...", j'ai eu l'impression qu'il n'était pas impossible que les gens qui viennent dans l'auditorium avec des choses destinées aux boîtes en verre s'inspirent de ce modèle. Que ma cousine était une lectrice passionnée de cette biographie en était la preuve. Chaque année, lorsque la date de l'anniversaire de la mort de son fils approchait, ce titre figurait dans la liste de livres qu'elle voulait que j'emprunte.

De l'extérieur, les personnes qui rendent visite à l'auditorium paraissent isolées, elles ne se connaissent pas entre elles et n'ont pas l'occasion de se parler, mais peut-être partagent-elles cette biographie dans des échanges qui ne passent pas par les mots, et ce volume est pour elles telle une carte de membre d'un cercle secret. Les boîtes en verre qui semblent isolées les unes des autres se font des clins d'œil, s'envoient des signaux d'une manière inimaginable pour quelqu'un comme moi. Cette idée m'apaise. Je vois les yeux de Stella se refléter dans la boîte-vitrine grâce à la flamme de la bougie et à son odeur sucrée.

J'apprécie particulièrement les portraits de cet artiste qui aimait les enfants. Lui qui ne s'est jamais marié, qui n'a même jamais eu quelqu'un qu'il aurait pu appeler sa bien-aimée, et qui n'a bien sûr pas eu d'enfants, a toujours respecté les petits, leur accordant une place particulière. S'il lui arrivait de chasser les galeristes qui venaient lui acheter des œuvres, il ne disait jamais non aux enfants du quartier qui quémandaient quelque chose de lui. Il leur offrait une de ses précieuses boîtes aussi facilement qu'il leur aurait donné des bonbons. S'il la retrouvait dans une poubelle le lendemain, il n'en concevait ni déception ni colère, se contentant de la ramasser et de la rapporter dans son atelier, affichant même un léger sourire. Lorsque les enfants de sa parenté venaient le voir, ils se battaient pour être le plus près possible de lui. Quand il les laissait agir à leur guise avec lui, grimper sur son dos, se pendre à ses bras, étreindre ses cuisses, on aurait dit un arbre sage qui attire à lui les petits oiseaux. Lorsque son travail de création l'avait épuisé, il allait s'asseoir sur un banc dans un parc où il regardait passer les voitures d'enfant, car il savait que cela régénérait son énergie créatrice.

Je me retourne dans le lit en étreignant le livre. J'ai tellement marché que mes jambes sont agréablement fatiguées. Une fois que cesse le grincement du lit, le silence revient. La lune qui était pourtant présente dans le ciel alors que je lisais les lettres à voix haute doit être cachée dans les nuages car les traces de nos pas sont invisibles dans l'obscurité.

Je vois un vieil homme. Dissimulant sous des vêtements banals son corps d'une grande maigreur, il croise sur sa poitrine ses deux mains aux veines saillantes, les yeux mi-clos, et guette la voix des enfants. Ses oreilles marquées de rides, d'un blanc trouble comme si de la poudre s'y était déposée, paraissent très vieilles, mais elles sont capables d'entendre une voix d'enfant, si lointaine soit-elle. Les poches de son pantalon recèlent toutes sortes de douceurs pour leur faire plaisir. Des friandises trop sucrées, aux couleurs artificielles.

Mais ce qui le ravit le plus, ce sont les bébés dans leur landau, encore incapables de manger ces sucreries. Il a beau se répéter qu'il ne doit pas faire de distinction entre les enfants, il ne peut nier l'exaltation qui s'empare de lui lorsqu'une voiture d'enfant traverse son champ de vision.

Une boîte sûre, qui va et vient dans l'espace à quelques dizaines de centimètre du sol, enveloppant toute la petitesse du bébé, suivant loyalement ses formes, jamais trop étroite ou trop vaste. C'est cela, un landau. En général les bébés qui sont à l'intérieur dorment. Ils ferment les yeux, se sentant parfaitement en sécurité, sans douter de rien. Au point qu'on craint qu'ils ne soient morts, qu'on se demande s'ils respirent encore, et qu'on approche l'oreille de leur bouche pour s'en assurer. Mais ce soupçon n'a pas lieu d'être. Dans l'iris caché sous les paupières demeure encore le paysage d'avant la naissance, sur la langue légèrement blanchie par le lait sont gravées les paroles des morts. Les bébés leur ressemblent beaucoup.

L'artiste se lève du banc, retourne dans son atelier souterrain où l'attendent les boîtes vides. Le sommeil m'accueille enfin pendant que je le regarde s'éloigner.

CHAPITRE V

Les cheveux des enfants sont utilisés non seulement pour les instruments de musique mais aussi pour les poupées. Les gens qui ont eu la fortune de rencontrer une poupée qui a les traits de leur enfant enlèvent parfois ses cheveux pour y transplanter ceux de l'enfant disparu. Il émane de ces poupées éclairées par les bougies à l'odeur sucrée une chaleur en tous points identique à celle des choses vivantes. Celui qui la perçoit a le sentiment que son enfant n'est pas dans le monde des morts mais au contraire dans un nouveau lieu qui est le plus éloigné de celui des morts. Les gens comprennent pourquoi les cheveux continuent à exister tangiblement sans retourner à la terre.

La première à l'avoir essayé est l'ancienne coiffeuse qui a une belle lyre. Elle en a eu l'idée alors qu'elle tendait les cordes d'un instrument. Sa poupée qui se trouve dans sa boîte-vitrine est un jouet en résine artificielle tout à fait ordinaire, mais depuis qu'elle a remplacé les durs cheveux synthétiques en transplantant un à un les cheveux de son enfant, c'est devenu un artefact évidemment différent de tous les autres.

Mais manipuler avec précision la tête d'une poupée n'est pas à la portée du premier venu. Reproduire l'aspect des cheveux naturels est plus compliqué qu'il n'y paraît, et les cheveux d'un enfant défunt sont si précieux qu'on ne peut en gâcher un seul. Chaque fois qu'ils changeaient la position d'une mèche liée par un brin de raphia, les gens étaient déchirés entre la terreur de l'échec qu'il fallait absolument éviter et leur désir d'avoir une poupée spéciale qui ne serait qu'à eux.

L'ancienne coiffeuse leur offrait généreusement de le faire pour eux. Poupée de collection, baigneur, marionnette, poupée qui parle avec haut-parleur intégré, poupée qui ferme les yeux quand on la couche, poupée de stand de tir à la foire… Si on le lui demandait, elle transplantait des cheveux de l'enfant défunt sur la tête de n'importe laquelle, quel que soit le matériau de son visage. Le jour où on lui a tendu une ballerine qui danse en tournant sur elle-même dans une boîte à musique, elle l'a prise sans ciller et lui a fait un chignon en cheveux naturels, grand comme une tête d'épingle. Avec des gestes qui semblaient dire que dans l'auditorium, les petites choses, quelles qu'elles soient, méritent le respect.

Lorsqu'ils découvraient le résultat, tous les gens qui avaient fait appel à ses services étaient interloqués. Ils avaient la certitude que les cheveux qui peu de temps plus tôt gisaient dans la paume de leur main avaient enfin trouvé leur vraie place, et leur aspect vivant achevait de les convaincre qu'ils avaient eu raison de choisir leur poupée. Incapables de la quitter des yeux, ils tendaient instinctivement la main pour lui caresser la tête comme on le fait pour un enfant qui vient enfin de s'endormir, se rendaient compte de leur geste et sursautaient.

L'ancienne coiffeuse venait souvent à l'auditorium s'occuper des cheveux des poupées, munie de peignes, de teinture pour cheveux ou d'un fer à friser. Du matériel réservé à cet usage, la version miniature de celui dont elle s'était servie dans son salon de coiffure. Elle ranime les boucles aplaties par l'humidité. Renoue les rubans presque dénoués. Époussette. Remet les mèches folles à leur place. Les brosse… Elle ne manque pas de choses à faire.

— Elle sera bientôt trop grande pour des nattes…

— Sa petite sœur se marie le mois prochain, et je voudrais que vous lui fassiez une belle coiffure pour le mariage.

— Si cela n'est pas trop compliqué, pourrais-je vous demander de bien vouloir changer la couleur de son ruban ? Ça sera plus gai.

Il n'y avait rien d'étonnant à ce que certaines personnes aient souhaité des changements. L'ancienne coiffeuse leur prêtait toujours une oreille attentive. Une queue de cheval à la place de nattes. Une raie sur le côté au lieu d'une coupe au bol de bébé. Un chignon à la place de cheveux longs et tombants. Elle connaissait tous les styles. Et faisait plus que répondre aux exigences, n'oubliant pas d'ajouter quelque chose en accord avec le caractère de la poupée. Parfois, elle offrait une jolie barrette sans la faire payer.

Parce qu'elle ne touchait plus que les cheveux des morts, elle finit par ne plus avoir le temps de s'occuper de ceux des vivants, si bien qu'elle ferma son salon.

Une fois qu'elle avait examiné tous ses “clients”, elle s'occupait enfin de ses propres affaires. Arrivée à la boîte de son enfant, elle s'asseyait par terre, et coiffait cette dernière jusqu'à ce qu'elle soit satisfaite. Le temps qui lui restait lui appartenait, et personne n'aurait osé le lui reprocher. Les cheveux de cette couleur brun clair spécifique aux petits enfants, si fins qu'ils semblaient invisibles en transparence, étaient si longs qu'ils cachaient presque le dos. Ils pendaient tout raides, tous de la même longueur, sans ondulation ni barrettes.

— Il ne faut pas que vous preniez froid, ai-je dit ce jour-là en lui tendant une couverture.

Elle l'a acceptée avec un léger hochement de tête et l'a mise sur ses genoux. Je me suis assurée que la bougie n'était pas encore complètement consumée, et je me suis éloignée pour ne pas la gêner, mais je l'ai observée à la dérobée d'entre les étagères où j'ai fait semblant d'avoir à faire.

Elle commence par lisser les cheveux au peigne. La poupée sur les genoux, la tenant par les épaules de la main gauche, lentement, de la racine à la pointe. Avec un peigne en buis, minuscule mais véritable. Elle continue si longtemps que j'en viens presque à craindre qu'elle n'arrête jamais. Sa concentration est totale. Elle peigne et peigne encore comme si elle accumulait son chagrin, comme si elle prouvait ainsi son amour. Les cheveux deviennent de plus en plus brillants, au point que je me demande si l'ombre de ses doigts ne se reflète pas sur leur surface.

Une fois terminée cette phase préparatoire, son doigté change. Alors qu'il n'était jusque-là que douceur, il se remplit de volonté et de tension, et le mouvement de ses doigts se fait complexe. Peut-être parce qu'elle a en tête un plan détaillé, ou au contraire qu'elle est tellement absorbée dans sa tâche, elle progresse sans heurts dans son processus, sans hésiter, s'arrêter ou revenir en arrière. Elle divise les cheveux en plusieurs faisceaux qu'elle retient avec des chouchous et des épingles, une étape indispensable pour passer au niveau suivant. Les cheveux raides quelques secondes auparavant n'ont plus du tout le même aspect, et j'ai même cru voir apparaître de l'inquiétude sur le visage indifférent de la poupée qui n'arrive pas à deviner la forme qu'ils vont prendre, mais l'ancienne coiffeuse connaît bien sûr les étapes suivantes.

Le matériel dont elle avait besoin était aligné sur le sol, dans l'ordre où elle allait s'en servir, orienté dans la bonne direction. Des épingles, non seulement petites, mais d'une dimension et d'une dureté adaptées à la taille de la poupée, avec différents types de U, façonnées dans le but de mettre en valeur les spécificités des cheveux morts. Elle n'utilisait aucune sorte de spray, pas même de l'eau. Pour elle, ajouter un nouvel ingrédient extérieur était tricher, et même leur manquer de respect. Le plus important était de protéger avant tout ce que contenaient les cheveux des morts, dans l'état où ils avaient été coupés.

Au fur et à mesure que son travail avance, elle arrondit le dos et l'espace entre elle et la poupée se réduit. Grâce à la bougie, je ne perds aucun de ses gestes. Cheveux et doigts tissent un motif dans la lumière de la flamme.

Elle tord sèchement l'une des mèches, et le bout des cheveux s'ouvre en éventail. Je crois la voir en manipuler une autre comme si ces cheveux étaient les fils d'une marionnette, mais l'instant suivant, ils forment une tresse. Elle divise en plusieurs parties une autre mèche, et change l'orientation de ces brins fins en les répartissant de l'arrière à l'avant de la tête, et aussi vers les tempes où ils servent à associer les autres éléments. Fascinée par ces détails, chaque fois que je me rends compte que ces brins qui paraissaient désordonnés se sont à mon insu rapprochés pour ne former qu'une seule mèche, je goûte au même émerveillement que la première fois où je l'ai vue faire. Je recule d'encore un pas pour mieux me cacher derrière l'étagère, de peur de distraire son attention, en espérant de tout cœur que la bougie presque consumée ne s'éteindra pas.

Elle finit en plaçant une épingle derrière l'oreille gauche, pose la poupée sur sa paume pour étudier la coiffure sous tous les angles et s'assurer que rien ne dépasse avant de pousser un long soupir. C'est le signal que son travail est terminé. Les cheveux de la poupée sont coiffés d'une façon que je n'aurais jamais pu imaginer. Proche d'une sculpture, ou d'une œuvre architecturale. Complexe mais nullement ostentatoire, équilibrée, splendide mais aussi discrète. Si je fixe un de ces détails, la coiffure a un pouvoir magique qui éveille en moi le désir étrange d'être entraînée au fond de ces cheveux, mais il en émane en même temps une pureté sensible.

La coiffure change à chaque fois. Ce n'est jamais la même. Bien qu'il paraisse incroyable que les cheveux d'une si petite poupée puissent prendre des formes aussi amples, elle y arrive comme si cela allait de soi. Des tresses collées au front comme des lianes, des volutes de différentes tailles évoquant des cratères planétaires couvrant toute la tête, des cheveux formant un filet depuis le sommet d'une tour pointant en oblique sur un côté, des visages rappelant celui de la poupée qui émergent des torsades d'un chignon… Les variations sont infinies. Sans prendre une seule note, ni une seule photo, elle se souvient de tout, de quelle coiffure elle a faite à quel moment de quelle saison, et ne cesse de repartir à zéro pour explorer de nouveaux territoires. Ses doigts sont dévoués aux cheveux des morts, qui eux-mêmes confient avec docilité leur sort à ses doigts.

Mais son travail n'est pas fini. On pourrait presque dire qu'il ne fait que commencer. Elle pose la poupée de côté, remplace le matériel qu'elle a utilisé par celui dont elle se servait dans son salon, et coiffe ses propres cheveux à l'identique de ceux de la poupée. Comme cela a lieu immédiatement après, ses gestes sont encore plus rapides. Ses doigts se meuvent sans aucune difficulté à l'arrière de son crâne qui ne se reflète pas dans le miroir coincé entre ses cuisses, et elle achève son œuvre à une vitesse inversement proportionnelle à la taille de sa tête. Bien qu'elle ne s'occupe plus de cheveux de vivants, elle n'a rien perdu de son adresse.

Elle prend la poupée dans ses bras, la contemple un moment, et attache ensuite ses cheveux aux siens en glissant dans ceux de la poupée quelques-uns de ses cheveux follets à la hauteur du pavillon de son oreille droite. Elle sait exactement lesquels et où les fixer. Leurs deux têtes sont liées par les cheveux.

Elle ne sourit qu'à ce moment-là. La poupée pend sagement, de sa joue droite à son menton. Son corps est légèrement oblique, mais elle n'en est que plus mignonne, comme une petite fille raisonnable qui inclinerait la tête en réfléchissant intensément. Ses yeux se perdent alentour, comme pour l'apercevoir ne serait-ce qu'un peu. Leurs joues se frôlent presque comme si la petite recevait une caresse, et elle bat des jambes de joie. Elle tourne la tête de côté, puis de haut en bas, comme pour montrer à la poupée que même ainsi elle ne tombe pas. Celle-ci danse en suivant son rythme. Elle continue à l'accompagner loyalement, et finit toujours par revenir à la position dans laquelle leurs joues se touchent presque.

Les cheveux sont si bien noués qu'ils ne peuvent se détacher, même si quelques-uns s'échappent. Leurs coiffures, la petite comme la grande, forment un seul contour, se retrouvant l'une dans l'autre. Il n'est plus possible de distinguer les cheveux vivants des morts.

Je m'approche sans bruit de l'ancienne coiffeuse et j'allume une nouvelle bougie. Elle qui vient de remarquer que la nuit est tombée de l'autre côté des rideaux, défait le nœud, dénoue les cheveux de la poupée, les brosse ; personne ne sait combien de temps il lui faudra pour la remettre dans la boîte en verre. Je ferme les yeux et prends une profonde inspiration, pour déterminer l'odeur de la nouvelle bougie.

C'était un jour d'hiver. La pluie qui avait commencé à tomber la veille ne donnait aucun signe de vouloir cesser. En revenant de la bibliothèque, j'ai aperçu ma cousine à l'entrée du parc municipal. Elle avait arrêté sa bicyclette sous l'auvent du bureau du parc, comme elle le fait toujours par temps pluvieux, mais aucun client n'était visible bien qu'il fût l'heure du déjeuner. La végétation était dans la brume, le jet d'eau était arrêté sous la pluie qui tombait, et il n'y avait pas de lumière dans le bureau. Ma cousine était la seule personne présente.

Vêtue d'un poncho imperméable, assise sur une dalle de béton sous l'avant-toit, elle mangeait une boîte-repas invendue. Depuis le réverbère sous lequel je me trouvais, j'étais trop loin pour voir s'il s'agissait d'omelette au poulet et aux petits pois, de poisson blanc à la sauce aigre-douce, ou de bœuf et de légumes verts sautés à la sauce d'huître, le plat qui avait le plus de succès. Son poncho et son visage trempés étaient exposés aux gouttes transportées par le vent, mais cela ne semblait pas la déranger. Sans doute était-ce un endroit sûr pour elle parce qu'il conservait les traces de son fils. Assise à même le sol, elle allongeait les jambes sans gêne aucune. Comme si elle ne remarquait même pas qu'il pleuvait. Serrant contre elle la boîte-repas en plastique, elle manipulait sa cuillère avec application sans se préoccuper de l'eau qui dégoulinait de son capuchon sur son repas. Elle mangeait comme si son devoir était de vider la boîte le plus rapidement possible et de ne rien laisser. Seul le vélo à côté d'elle l'attendait en silence. Tout aussi trempé.

J'ai ressaisi mon parapluie et caché ma sacoche sous mon manteau, afin de protéger les livres que je venais d'emprunter à la bibliothèque pour les longues nuits de ma cousine. La pluie qui redoublait d'intensité nous séparait. Le bus est arrivé, j'y suis montée et je suis partie.

Une fin de semaine où le beau temps était revenu après une longue période pluvieuse, j'ai été prévenue que de nouvelles lyres étaient prêtes et je suis partie les chercher à l'atelier. Quand on longe vers l'amont la rivière qui coule à côté de la maternité détruite à l'explosif, on l'aperçoit un peu plus loin au bord de l'eau, une fois passé sous le pont du chemin de fer. C'est un bâtiment à un étage, un ancien cabinet dentaire, construit en haut du mur de pierres qui endigue le cours d'eau. L'escalier qui monte depuis l'allée de promenade conduit à l'entrée du cabinet qui a conservé sa plaque. La montagne se dresse juste derrière lui.

— Les voici.

Le dentiste m'a remis les deux instruments qu'il tenait dans ses paumes, l'un pour l'oreille droite, et l'autre pour la gauche, avec le geste qu'il aurait fait pour me donner de l'eau qu'il venait de puiser.

— Je vous remercie, dis-je en les acceptant.

Des copeaux de bois flottaient sur le sol. Sans doute les avait-il tout juste terminés.

— Je suis sûre que les personnes qui vous les ont commandés seront ravies.

Ornées d'une sculpture qui représentait la tête d'un écureuil grignotant une noix, les nouvelles lyres étaient charmantes dans leur rondeur. J'ai eu l'impression que les cordes allaient être faites des cheveux d'un petit garçon espiègle.

— Une fois que l'ancienne coiffeuse aura tendu les cordes, elles seront parfaites.

Lorsque les visiteurs de l'auditorium me posaient des questions sur les lyres pour le concert de soi à soi, j'avais pris l'habitude de leur présenter le dentiste. Il était âgé et à la retraite, mais il avait la réputation de soigner sans faire mal. Et plus encore de savoir prendre soin des petits enfants qui pleuraient parce qu'ils avaient peur, ce qui fait qu'il a longtemps assuré les visites dentaires de l'école maternelle dont il était le dentiste attitré. Il y venait aussi pour enseigner bénévolement aux élèves la sculpture sur bois qu'il pratiquait en amateur.

La visite dentaire semestrielle, au printemps et en automne, créait une grande agitation. Les classes des poussins, des canards, et des paons se rassemblent au grand complet dans l'auditorium, en rangs des plus petits aux plus grands, et les enfants à qui cela suffit pour comprendre qu'il se passe quelque chose d'inhabituel ne tiennent pas en place. Ils se collent les uns aux autres, tombent par terre, sautent en l'air, parlent tout seuls, pleurent de peur, vont voir ce qui se passe devant, se mettent les doigts dans le nez… Ils sont incapables de rester immobiles. Le vacarme est tel qu'il résonne en spirale dans l'auditorium. Mais le vieux dentiste qui a soigné d'innombrables petits enfants ne se laisse pas déranger par le bruit ; assis sur une chaise métallique, il remet de l'ordre dans ses instruments alignés sur un plateau ou vérifie que sa lampe-stylo fonctionne.

— Eh bien, je vous demande à tous d'ouvrir sagement la bouche quand ce sera votre tour !

Malgré l'agitation, les enfants obéissent docilement aux instructions de la directrice que tout le monde adore. Ils savent aussi que le monsieur en blouse blanche assis en face d'eux est celui qui va chercher s'ils ont des caries. Ils l'appellent d'ailleurs M. Carie, exprimant à leur manière le respect qu'il leur inspire. Debout en rang, ils attendent le cœur battant, et quand arrive leur tour, montrent leurs dents en ouvrant la bouche le plus grand possible.

Les lèvres, les gencives et la langue des enfants ont une couleur rose pâle. Trop tendre, trop fine, elle fait presque peur, comme si elle attestait du fait qu'ils sont nés il y a peu. Les dents blanches qui y sont enfoncées forment un demi-cercle dans ce rose pêche. Elles sont chacune de forme différente. Qui a pu les sculpter ?

Au fond de leur gorge se cache une grotte. Malgré sa petite entrée, elle est remplie d'une intense obscurité, et il est impossible de deviner jusqu'à quelle profondeur elle s'éploie. Les dents blanches alignées en bon ordre gardent cette entrée. Mais les enfants n'ont aucun moyen de connaître l'intérieur de leur bouche. Ils révèlent innocemment une partie d'eux-mêmes qui n'est pas encore terminée.

M. Carie sait comment il faut toucher les dents de ces petits. Il sait tout de la chaleur de l'intérieur de leurs joues, qui se transmet à ses doigts, des dessins sur l'envers de la langue qui s'amenuisent à l'entrée de la grotte, de l'aspect de la salive qui jaillit petit à petit.

— En haut à gauche soixante-cinq, un, soixante-quatre, zéro… En bas, quatre-vingt-cinq, zéro, quatre-vingt-trois, deux…

Les mots que murmure M. Carie en regardant dans leur bouche font naître un sentiment étrange chez les enfants. Ils se posent des questions, émettent des hypothèses : s'agit-il de sorts jetés contre eux parce qu'ils ont commis le crime de ne pas se brosser les dents, ou de pièges pour faire sortir les microbes qui causent les caries ? Parfois, ils ferment les yeux très fort, terrifiés à l'idée que leurs dents sont dans une situation désespérée.

— Soixante-trois, un, soixante-deux, trois, soixante-quinze, soixante-treize, zéro…

Un petit garçon imite M. Carie et chuchote des codes au hasard, dépourvus de sens. Piégée par les fausses imprécations, une petite fille sensible est inquiète au point d'en avoir les larmes aux yeux. Un autre attend son tour la bouche déjà grande ouverte, en se demandant comment faire pour avaler la salive qui est sur le point d'en couler.

Le dentiste n'essaie pas de distraire les enfants en leur parlant d'un ton cajoleur ou théâtral. Il se contente d'observer attentivement chaque dent. C'est plutôt son calme qui les apaise. Ils le perçoivent dans le sérieux du praticien, dans la sensation soudaine qui ne produit même pas de vrai son, le contact du miroir dentaire contre leurs dents, dans la force de son doigt posé sur leur joue. Ils ont envie de lui offrir leurs caries, à lui seul.

— Bravo ! Tu as zéro carie.

Ce compliment leur procure une quasi-déception, comme s'ils n'étaient plus bons à rien.

Le dentiste était-il assis du côté droit quand on regarde la scène, à peu près à l'endroit de la boîte-vitrine 1-19 du rang D ? Ou du côté opposé, là où il y a la 16-1 du rang A ? Je n'arrive pas à m'en souvenir, car la lumière qui entre par les fenêtres ouvertes est trop éblouissante. Maintenant, à la place des enfants, il y a des boîtes en verre. L'air froid embusqué entre les étagères recouvre et dissimule leur agitation.

— Comment allez-vous ? m'a demandé le dentiste, vêtu de la même blouse blanche qu'au temps de M. Carie.

Des copeaux de bois s'y sont accrochés, le col et les poches sont un peu effilochés, ils ont jauni, mais j'avais quand même l'impression que si je respirais profondément, je percevrais un relent de cette odeur de désinfectant qui restait toujours dans les gencives.

— Très bien, merci. Et vous ?

— Moi aussi.

— Vous êtes très occupé avant chaque concert, n'est-ce pas ?

— Oui, cela nécessite un peu de concentration, mais c'est tout à fait faisable.

— Plusieurs personnes sont en liste d'attente pour vous commander une lyre.

— Ah bon… mais… Que faire ?

Son atelier n'avait presque pas changé depuis l'époque où c'était son cabinet. Les deux fauteuils étaient un peu poussiéreux, mais leurs lampes, leurs tables et leurs machines étaient toujours là, comme s'il suffisait de poser un gobelet au centre du crachoir pour que de l'eau jaillisse du tube en U. Autoclave, microscope, écran de visualisation, mortier blanc, flacon de médicament, fiches médicales, coton hydrophile, bavettes... Ces articles qui avaient cessé de remplir leur rôle originel continuaient d'attendre leur tour qui reviendrait peut-être.

Près de la fenêtre où la lumière était un peu plus vive grâce aux rayons du soleil à l'extérieur, s'alignaient les objets reçus des enfants à qui il avait enseigné la sculpture sur bois. Ils représentaient tous le visage de M. Carie. Sous forme de chutes de bois coupées à la scie sauteuse et collées. Des clous pour le nez et les yeux, des vis pour les oreilles. Les pupilles avaient été percées au foret. Toutes sortes de stratagèmes étaient déployés pour créer une ressemblance avec le visage de M. Carie. Les bords irréguliers, les lignes incertaines, les écarts étranges révélaient l'œuvre de petits doigts. Il avait l'air idiot, énervé, désorienté, ou semblait rire aux larmes. Tous les visages étaient différents. Comme pour montrer toutes les expressions de M. Carie, sans exception.

La rivière qui brillait dans le soleil se reflétait dans la fenêtre. La salle de radiographie et la pièce du prothésiste étaient closes, elles paraissaient vides. Le petit guichet contigu à l'accueil, avec sa vitre en verre dépoli, destiné à passer les fiches des patients, était entrouvert, mais l'on ne distinguait derrière lui qu'une vague pénombre.

— Quel calme… dis-je pour meubler.

— Oui, acquiesça-t-il en tripotant le bouton du milieu de sa blouse blanche. Il n'empêche que de temps en temps des patients se présentent.

— Vraiment ?

— Ils arrivent par l'escalier de pierre et me demandent si je peux les soigner même sans rendez-vous.

— C'est vrai que la plaque est toujours là.

— Oui.

— Je suis sûre qu'il y a encore beaucoup de gens qui veulent apprendre la sculpture sur bois.

— Vous vous trompez.

Il m'adressa un sourire ambigu et reposa les yeux sur sa table de travail. Bien que je vienne de prendre les lyres, je mis la main dans la poche de ma jupe, poussée par une inquiétude inexplicable, afin de m'assurer de leur présence.

Les élèves de l'école maternelle se réjouissaient de l'atelier de sculpture sur bois autant que des excursions ou des séances de marionnettes. Quand ils voyaient le dentiste, ils criaient d'une seule voix : "Monsieur Carie !" et couraient vers lui. Certains d'entre eux ouvraient grand la bouche car ils croyaient qu'il s'agissait de la visite dentaire.

Lui avait la même attitude pendant celle-ci que durant l'atelier de sculpture. Vêtu de son habituelle blouse blanche, il n'était jamais décontenancé et traitait chacune de leurs créations avec la même passion que celle qu'il montrait pour les dents. Il n'empêchait jamais leurs petites mains de faire ce qu'ils voulaient, venant seulement au secours des enfants dont les doigts étaient soudain oisifs. Il veillait autant au bon aspect de leurs dents qu'à percevoir la forme que devaient prendre les morceaux de bois.

Les enfants présentaient à M. Carie les créations qu'ils venaient de terminer, l'air fier. Comme s'ils se vantaient de la magie réalisée par leurs mains : trains ou châteaux de princesse, éléphants ou phoques. Et même des objets qui ne ressemblaient à rien et que leurs créateurs étaient incapables de nommer. À l'heure de la sieste, ils se glissaient sous les couvertures en les serrant dans leurs mains. La directrice de l'école maternelle ramassait leurs œuvres qui s'en étaient échappées une fois qu'ils dormaient profondément et les posait à côté de leur oreiller.

Les lyres étaient sagement allongées au fond de ma poche. J'ai caressé du bout des doigts leur tête d'écureuil que je ne pourrai plus toucher une fois que les cordes y seront tendues et qu'elles seront remises à ceux qui les ont commandées.

— Toutes les personnes dont vous avez fait la lyre en sont satisfaites, ai-je dit en percevant sous mes doigts la froideur du bois qui conservait encore une trace de celle qu'il avait quand il gisait dans le lit asséché de la rivière. Elles disent que leur sonorité a de la profondeur.

— Je ne fais que des cadres, a-t-il répondu avec un geste de dénégation.

Il s'est mis à ranger ses outils d'une main experte.

— Rien ne serait possible sans le talent de l'ancienne coiffeuse.

Un agréable désordre régnait sur la table qu'il utilisait autrefois pour préparer des amalgames, écrire des ordonnances ou malaxer du plâtre dentaire. Elle avait précisément la taille et la hauteur requises pour fabriquer des lyres assez petites pour le lobe de l'oreille.

— Il est normal qu'elles aient un beau timbre, a-t-il dit avant d'ajouter, après une pause : puisque ce sont les cheveux d'enfants morts.

Le dentiste fabrique toutes les lyres avec son matériel dentaire. Il ne se sert d'aucun ciseau de sculpture sur bois. Ce sont les turbines de différentes tailles faites pour nettoyer les caries, les fraises de polissage, ou les sondes parodontales qui font naître les courbes des lyres dans le bois.

Décidé à subir cette transformation, le bout de bois posé sur la table de travail s'est remis aux mains du praticien. Celui-ci n'a pas besoin de brouillon. Il n'a qu'à déplacer l'extrémité de la turbine le long des lignes qu'il a vues sur le bois au moment où il l'a ramassé dans le lit majeur de la rivière. Les yeux fixés sur ses mains, sans une seconde d'inattention, il progresse dans son travail en changeant fréquemment d'outil pour respecter leurs variations, tout en ajustant la vitesse de la pédale du pied droit. Sa main gauche assure par des mouvements presque imperceptibles l'angle précis de la turbine sur la surface du bois. À chaque pression sur la pédale, la vitesse de rotation augmente, en émettant ce bruit nostalgique, propre aux cabinets dentaires, qui faisait frémir les enfants. Des copeaux volent au bout des doigts du praticien. Le bois doit être bien plus mou que les dents, mais il met plus longtemps que pour nettoyer une carie. Il travaille sans se hâter, attendant patiemment l'apparition des contours de la lyre. Le temps pour creuser une dent est aussi infini que celui que met la musique des cheveux des morts pour atteindre l'oreille.

J'ai eu l'impression de percevoir pour la première fois la ressemblance entre cheveux et dents. Bordant l'extérieur du crâne pour les premiers, l'intérieur pour les secondes, ils accumulent le temps et subsistent longtemps après la décomposition des corps.

— Eh bien, je vais vous laisser.

Je me suis levée, pensant qu'il était temps de partir.

— Mais je voulais vous servir du thé, a-t-il répondu comme s'il souhaitait me retenir.

— Mais non, ne vous dérangez pas pour moi.

Je savais qu'il n'avait pas un seul mug ou une boîte de biscuits dans son atelier. Rien ne devait distraire son attention quand il sculptait une lyre.

— Ce n'est que pour recevoir ces précieux objets que je suis passée.

J'ai caressé ma poche à peine gonflée.

— Je vais vous raccompagner.

Il reboutonna sa blouse blanche et s'assura que son col était bien droit.

— J'avais justement envie de me promener dans le lit asséché de la rivière, ajouta-t-il.

Le dentiste a le même talent pour trouver des morceaux de bois propices à se transformer en lyres que pour leur donner des formes magnifiques. Quand on le voit arpenter le bord de la rivière à la recherche de bois charriés par l'eau depuis les montagnes, on comprend que ce n'est pas donné à tous. Il prend en main pour l'examiner attentivement chaque bout de bois emporté par son flot fin et méandreux. Selon lui, ce qui compte n'est pas l'essence de l'arbre, mais quelque chose de plus complexe, l'histoire de ce fragment que quelqu'un d'autre ne saurait comprendre. L'endroit de la montagne où l'arbre a grandi, la forme de ses branches. Si une bourrasque les a brisées, ou si le bois a pourri naturellement. La rivière qui l'a apporté, le temps passé dans l'eau. Si les marques qu'il porte sont la trace d'un nid d'oiseaux ou d'une intervention humaine… Le dentiste est capable de lire tous les secrets cachés dans un simple morceau de bois.

Un jour, il m'avait appris qu'en reliant ces secrets, cela donnait une tonalité tout à fait naturelle, et permettait d'entendre la mélodie des cheveux morts.

— Avant même que je fasse quoi que ce soit, tout est prêt pour leur musique, et ces fragments attendent tranquillement à nos pieds que ce moment advienne.

Les gens qui l'apercevaient lorsqu'ils se promenaient sur le sentier faisaient semblant de ne pas le voir et ne lui adressaient pas la parole. Ils passaient à côté de lui en silence, afin de ne pas faire disparaître sous leur voix les sons qu'il entendait peut-être. Ils s'éloignaient sans bruit de celui qui était solitaire dans le lit majeur, le dos courbé, baissant parfois la tête comme s'il priait ou se repentait.

— Il a plu longtemps.

Nous descendions l'escalier de pierres.

— L'eau est trouble.

— C'est à de tels moments que je trouve le meilleur bois.

— Prenez bien soin de vous. Faites attention au courant.

— Je suis prudent, ne vous en faites pas pour moi.

— Le sentier de promenade est inondé par endroits.

— Vraiment ?…

Il n'y avait pas de vent, le soleil était chaud, et nous entendions le bruit de l'eau contre les piles du pont métallique au loin.

— Saluez l'ancienne coiffeuse de ma part.

— Je n'y manquerai pas. Et elle tendra certainement les cordes à la perfection.

— Oui.

— Eh bien, au revoir !

Nous nous sommes quittés. Le dentiste a remonté le lit asséché de la rivière, à la recherche de bouts de bois qui deviendraient de nouvelles lyres, pour que les voix des enfants disparus parviennent aux oreilles de quelqu'un qui attendait, frappé de stupeur, des cheveux morts à la main.

CHAPITRE VI

Comme le nombre de boîtes en verre stockées dans la réserve de l'auditorium avait diminué de façon inquiétante, je suis allée avec M. Baryton au musée d'histoire locale. Plus personne n'y venait, il était à l'abandon depuis longtemps et c'était presque une ruine, mais comme nous ignorons auprès de qui se procurer une autorisation d'accès, nous hésitons un peu à y prendre des objets qui s'y trouvent sans rien dire et nous avons décidé de le faire de nuit quand personne ne peut nous voir. Nous avons quitté l'école maternelle en poussant comme à notre habitude une voiture d'enfants multiplace.

C'était M. Baryton qui s'était le premier rendu compte que cette poussette assez grande pour transporter neuf enfants, utilisée autrefois pour promener ceux de petite section, était parfaite pour les boîtes en verre. La "voiture de promenade", comme l'appelaient les élèves de l'école maternelle, avait la forme d'une boîte en tube d'aluminium, posée sur six petites roues pivotantes et munie d'un frein à main. De petites appliques sur lesquelles apparaissait le nom de l'école étaient cousues sur les côtés de la poussette recouverts d'une toile de vinyle jaune. Depuis que la végétation avait recouvert l'enseigne de l'entrée principale, il n'y avait plus qu'eux pour l'indiquer au monde extérieur.

Outre l'avantage de sa grande capacité et de sa stabilité, la voiture de promenade n'éveille pas la suspicion et elle est parfaite pour le transport des boîtes-vitrines. Toute personne qui la croise ne peut que se souvenir de son apparence quand elle était chargée de petits enfants arborant la même casquette jaune. Ses passagers ne paraissent pas souffrir d'être serrés les uns contre les autres. En ne formant qu'une seule masse, l'essence des neuf bambins s'intensifie et se promène, emplissant cette boîte rectangulaire. Les gens qui n'ont pas oublié cette vision étrangement paisible ne peuvent imaginer qu'aujourd'hui celle qu'ils ont vue contient des boîtes en verre vides emportées en catimini.

Pour aller au musée d'histoire locale, il fallait prendre la première rue vers le nord après l'école maternelle, puis traverser le pont et passer devant le parc municipal où ma cousine vend ses boîtes-repas. C'était un bâtiment solide, en béton armé, avec deux étages en surface et trois en sous-sol, qui faisait autrefois la fierté de la ville car il abritait des dizaines de milliers d'objets. Mais à partir d'un certain moment que je ne saurais définir, les gens ont peu à peu perdu le désir de conserver le passé et ont cessé de s'intéresser au musée. Il n'a pas été déplacé le long d'une nouvelle route, comme la bibliothèque, ni détruit à l'explosif comme la maternité, mais a fini par fermer un jour, après avoir été abandonné à son sort. Peut-être n'a-t-on pas trouvé d'autre méthode pour laisser à nouveau le passé au passé.

Nous arrêtions la poussette multiplace près de l'entrée de service, pénétrions dans le bâtiment une lampe de poche à la main et allions d'abord saluer les modèles de mammouths du hall d'accueil. Alors que tout disparaissait petit à petit, qu'une partie des collections se décomposait et qu'une autre s'effaçait sous les gravats, seuls les mammouths conservaient la présence qu'ils avaient quand ils étaient le symbole du musée.

— Vous allez bien ? Vous avez été sages ?

Il y en avait deux, une mère et son fils. Elle laissait pendre sa trompe entre ses défenses, et fixait un point indéfinissable de ses yeux de verre ; à ses côtés, son fils tournait vers elle sa trompe trop courte, comme s'il cherchait à se souvenir de l'endroit où il se trouvait. J'ai caressé les côtés de son ventre. Ses poils fins et emmêlés s'accrochaient au bout de mes doigts. Sous la clôture effondrée qui les entourait autrefois gisait, brisé en deux morceaux de même longueur, le panneau demandant aux visiteurs de ne pas toucher les modèles.

Le musée local faisait chaque année l'objet de la sortie de découverte de l'environnement de la grande section. Il y avait toujours au moins un enfant pour pleurer parce que les mammouths lui faisaient peur. L'institutrice avait beau le prendre dans ses bras pour le consoler, rien n'y faisait. Le hall d'accueil résonnait des pleurs de l'enfant qui détournait ses yeux écarquillés, comme pour protester contre tous ceux qui arrivaient à ne pas être incommodés par cette proximité avec ces créatures dérangeantes et hostiles. Dans les yeux de la maman mammouth et de son fils apparaissait une ombre abattue, comme s'ils comprenaient qu'ils étaient la cause du remue-ménage. Dans les intervalles entre les cris de protestations, M. Baryton (même si à l'époque, ce n'est pas sous ce nom qu'il était connu), le conservateur, expliquait ce qu'étaient les mammouths en utilisant des mots compréhensibles pour les enfants de maternelle.

— Eh bien, où allons-nous chercher aujourd'hui ?

J'ai posé la question en serrant le poing pour conserver la sensation des poils du mammouth sur ma paume. Sans rien répondre, M. Baryton a éclairé de sa lampe de poche la porte qui menait à la cave.

Je me suis souvenue qu'à l'époque j'aimais autant sa voix quand il parlait que celle qu'il a aujourd'hui en chantant. Elle avait à la fois la souplesse nécessaire pour se faufiler entre les pleurs, et la générosité qu'il fallait pour s'accommoder de ce chagrin. Au fond de sa voix qui expliquait les circonstances de la découverte de leurs ossements, le climat et le territoire dans lesquels ils vivaient, et ce dont ils se nourrissaient, s'entendait déjà le timbre du baryton qui lui a donné son nom. Ne pourrait-il pas, discrètement, me la faire entendre encore une fois… Afin qu'il ne devine pas le trouble que me causait cette requête qui m'était soudain venue à l'esprit, j'ai mis la main sur la poignée de porte avant lui.

— Eh bien, allons-y.

En bas de l'escalier se trouvait une pièce souterraine qui reliait le bâtiment principal à l'annexe. Documents anciens, poteries, bronzes, outils agricoles, vêtements, fossiles, échantillons, animaux, insectes, plantes, minerais, modèles panoramiques, billets d'entrée, dossiers illustrés, tableaux chronologiques… Tous ces objets qui avaient dû être rangés et classés suivant un ordre précis avaient perdu leur place originelle, car ils étaient tombés et bloquaient le passage, formant des monticules en se mêlant les uns aux autres, ou avaient été grignotés par les souris. Un tremblement de terre avait brisé çà et là des étagères, et la boue séchée qui s'amoncelait sur le sol était la trace des inondations causées par les pluies torrentielles des typhons. Mais un grand nombre des objets conservés ici s'étaient laissés courageusement pourrir sans aucune intervention extérieure. Nous avancions vers le fond à la seule lumière de nos deux lampes en nous donnant la main pour plus de sécurité, et descendions jusqu'au troisième sous-sol où se trouvaient autrefois les réserves d'accessoires.

Bien sûr, toutes les boîtes en verre ne convenaient pas. Elles devaient avoir une taille appropriée pour s'intégrer à l'espace limité de l'auditorium, et il fallait aussi éliminer celles qui étaient fendues ou trop sales. Au début, nous n'avions qu'à prendre celles qui se trouvaient dans les salles d'exposition du haut. Nous étions un peu embarrassés d'en sortir les spécimens qui s'y trouvaient encore – fossiles de trilobites, ornements découverts dans un *kofun**, lettres de grands hommes, mais nous nous consolions en pensant qu'elles allaient remplir une nouvelle fonction dans l'auditorium. Parmi ses visiteurs, certains souhaitaient savoir ce qui était autrefois exposé dans leur boîte-vitrine. Quand je leur expliquais que c'était un trilobite qui avait dormi sous terre cinq cents millions d'années, et avait peut-être eu de splendides antennes, comme celles du roi des mers, ils étaient en général ravis. Un sourire timide flottait sur leur visage, comme si je les avais consolés

* *Kofun* : monuments funéraires datés d'entre le IIIᵉ et le VIᵉ siècle.

en leur disant que leur enfant était aussi important que ces créatures si anciennes.

Mais nous avions vite utilisé toutes les boîtes des salles d'exposition ayant la bonne taille, car le flot de nouvelles demandes pour l'auditorium ne tarissait pas, et nous avions dû élargir nos recherches aux réserves en sous-sol. L'espace souterrain était bien plus vaste que ce que l'extérieur du musée laissait imaginer. M. Baryton avançait dans la pénombre à grands pas, enjambant les gravats et relevant les armoires sur le point de s'effondrer. Son dos me paraissait plus large qu'à l'école maternelle. J'avais l'impression que tant que je le suivrais, jamais les boîtes en verre ne s'épuiseraient, ni l'auditorium ne se remplirait au point de ne pouvoir en ajouter de nouvelles.

Transporter les boîtes depuis le troisième sous-sol jusqu'à la poussette garée à l'entrée de service était un travail éreintant. Nous remontions l'escalier une marche après l'autre, en alliant nos forces, ignorant la douleur causée par les coins pointus qui s'enfonçaient dans nos paumes. Nous faisions de nombreux allers et retours, avec persévérance, redescendant sitôt que nous les avions déposées. Il faisait trop sombre pour que nous puissions nous faire signe des yeux, et nous nous fiions à notre respiration pour décider du moment où reprendre son souffle, ou changer de direction sur un palier. Nous y mettions toutes nos forces et tendions aussi l'oreille.

Il n'y avait personne d'autre que nous. Lorsqu'il y avait un bruit quelque part, et cela arrivait de temps en temps, nous nous arrêtions et attendions qu'il cesse. Comme je savais que ce n'était que le grincement d'un pilier ou le bruissement d'une souris qui courait, je n'avais pas du tout peur.

— Le mammouth a grincé des dents.

— Le bébé mammouth a agité ses oreilles.

— Ça, c'est la mère qui bâille.

Pour moi, ils étaient à l'origine de tout. M. Baryton approuvait de la tête, avec une expression qui montrait qu'il était d'accord. C'était le signal pour recommencer notre travail, une marche à la fois.

Grâce à la précision des indications de M. Baryton, nous réussissions à mettre la main sur le plus grand nombre possible de boîtes-vitrines en bon état. Une fois la poussette chargée jusqu'à ce qu'il n'y ait plus de place, le reste allait de soi. Et le retour n'était plus qu'une agréable promenade nocturne. Je jetais un coup d'œil sur le contenu et vérifiais le nombre de boîtes comme si je faisais l'appel des enfants de petite section. Avec ça, tout irait bien. J'étais incapable de dire combien de temps cela durerait, mais je n'avais pas de souci à me faire dans l'immédiat. Elles étaient assez nombreuses pour me permettre d'accueillir en souriant les gens qui viendraient à l'auditorium en quête d'une boîte en verre. M. Baryton était à côté de moi. Il faisait bon, et aucun nuage ne cachait le croissant de lune dans le ciel. Tout irait bien… Mes inquiétudes de la veille avaient disparu, et je sentais monter en moi une tranquillité indicible.

Le chargement devait être bien plus lourd que neuf enfants de la petite section, mais la poussette multiplace ne donnait aucun signe de souffrance. Elle était aussi sereine que lorsqu'elle était appelée "voiture de promenade". À l'époque, afin d'empêcher qu'elle ne roule trop vite, il était convenu que deux institutrices s'en occupent, la plus jeune la poussant par la poignée, et la plus âgée la tirant par le bord. Mais M. Baryton qui l'ignorait poussait comme moi la poignée. J'étais du côté du frein à main et lui de l'autre.

— Tout s'est bien passé, ai-je dit.

Il a fait oui de la tête.

— Elles ont la bonne taille, sont en excellent état, et leur verre n'est pas du tout opaque.

Bien qu'elles aient soudain été arrachées aux gravats, les boîtes se carraient sagement dans la poussette. Dans le tissu du plaid tendu à l'intérieur afin que les enfants ne se fassent pas mal s'ils se cognaient le front aux parois, demeuraient les marques de ce qui avait débordé ou reflué d'eux, et de ce qui s'était détaché d'eux, formant un motif étrange qui n'était pas sans rappeler la sensation de leur peau douce et lisse. Les jouets sonores restés dans le filet suspendu à la poignée se faisaient discrètement entendre de temps à autre.

— Nous avons fini par arriver au troisième soussol, ai-je ajouté.

Le jet d'eau était arrêté, les arbres du parc noyés dans les ténèbres, et au-delà de leurs cimes s'étendait un ciel plus profond que l'obscurité. Nous marchions à la lumière des réverbères. Le bruit de nos pas, le grincement des roues et les grelots des jouets marquaient harmonieusement le rythme.

— Il n'y en a plus après celui-là. Impossible d'aller plus loin.

Nous avons croisé un homme. Peut-être travaillait-il de nuit, ou errait-il dans la rue parce qu'il ne trouvait pas le sommeil. Il s'est mis de côté quand il a vu la poussette, et nous a laissés poliment passer comme si elle contenait de petits enfants.

— Mais le hall souterrain est très vaste, répondit M. Baryton, qui ouvrait la bouche pour la première fois ce jour-là, après s'être assuré que l'homme était assez loin. Les boîtes en verre attendent le jour où elles seront sauvées et s'aligneront dans l'auditorium. Pour les enfants morts, elles sont prêtes à être patientes aussi longtemps qu'il le faudra.

Sa voix était douce, comme si elle caressait le dos des enfants somnolents, appuyés les uns aux autres dans la poussette, incapables d'attendre l'heure de la sieste parce qu'ils s'étaient trop amusés pendant la promenade.

Lorsque nous sommes arrivés au pied du pont après être passés devant le parc, les rues étaient quasiment désertes. Nous n'entendions que le bruit produit par la poussette et celui de la rivière qui coulait.

Par-dessus l'épaule de M. Baryton, j'ai jeté un coup d'œil sous le pont, sans discerner le talus, le lit majeur ou la rivière. La poussette avançait avec entrain. Cette boîte qui avait la capacité de fendre la nuit et donnait le sentiment que quoi qu'il arrive, elle ne casserait pas, unissait nos deux forces.

— Oui, vous avez raison. Inutile de se faire du souci, n'est-ce pas ?

J'ai serré plus fort la poignée. Elle était rouillée et rugueuse au toucher. Comme elle mesurait moins de cent vingt centimètres, nos épaules se touchaient presque lorsque nous nous penchions en avant. Un instant d'inattention suffisait pour que nos doigts se frôlent, et nous devions discrètement les déplacer.

Ce soir-là, nous n'avons pas du tout parlé des lettres. Nous faisions semblant d'avoir oublié la pile que contenait la corbeille brune de l'ancienne directrice de l'école maternelle et nous consacrions notre énergie à pousser le chariot. En transportant dans la nuit les cavités destinées à conserver le futur des enfants morts.

Le dernier dimanche du mois, sauf quand il pleut, la patronne de la blanchisserie vient à l'auditorium.

— Bonjour.

Elle me salue d'une voix claire, plaisante, exactement la même qu'à l'époque où nous lui confiions les couvertures de la sieste et les tabliers des maîtresses. Sa fraîcheur est contagieuse. Son uniforme, un chemisier blanc et un pantalon bleu marine, est celui de quelqu'un qui travaille ; elle n'est pas maquillée, et ses longs cheveux où le blanc se remarque aujourd'hui sont noués en une stricte queue de cheval. Ses vêtements montrent que même si les couvertures et les tabliers n'ont plus besoin d'être nettoyés, elle considère que c'est en tant que patronne de la blanchisserie qu'elle vient à l'école maternelle.

Son chemisier est toujours d'une blancheur immaculée. Dépourvu de tout accessoire inutile – pochette, broderie et autre volant –, sa blancheur est ce qui lui donne sa forme. Je crois que quiconque la voit ne peut que penser que confier sa lessive à quelqu'un qui porte le blanc ainsi le purifiera aussi.

— Bonjour.

— Je peux me permettre de vous déranger ?

— Mais bien sûr.

— Désolée de toujours vous importuner.

— Mais pas du tout. Vous ne m'importunez pas le moins du monde.

— Je vous remercie.

— Entrez donc !

Chaque fois, nous échangeons ces propos. Elle s'incline profondément et effleure de la main le pendentif sur sa poitrine, le seul ornement qu'elle porte.

La patronne de la blanchisserie se dirige non pas vers l'auditorium, mais vers la cour. Elle n'a pas de boîte en verre. Dans ce cas, pourquoi vient-elle dans l'ancienne école maternelle ? C'est une question que naturellement je ne lui pose pas. Elle joue seule sur l'aire de jeux. Dire qu'elle joue n'est peut-être pas approprié, mais comme c'est une aire de jeux, je ne trouve pas d'autre mot. Toboggan, bascule, balançoire, barre. Tous ces équipements sont recouverts de végétation et presque effondrés, mais un dimanche par mois, elle vient y jouer.

— Si jamais vous avez besoin de moi, n'hésitez pas à m'appeler.

Une fois que je lui ai dit cela, en sachant que je ne peux rien pour elle, je vais dans la salle des maîtres pour continuer à déchiffrer les lettres. Dans la corbeille "à déchiffrer" reste un paquet d'enveloppes si épais que je ne suis pas sûre d'arriver à le finir un jour. Je m'assois au bureau de la directrice, d'où l'on voit le mieux la cour.

Elle commençait chaque fois par le toboggan. Il se trouvait à l'angle sud-ouest de la cour, au milieu des branches enchevêtrées de l'eucalyptus qui a tellement poussé qu'il penche. Le toboggan était classique. Rien à voir avec ceux en forme d'éléphant sur le dos desquels on grimpe pour redescendre sur la trompe, ni avec l'excitation procurée par la longueur ou l'inclinaison de la descente. Au bout d'une échelle à six barreaux, on se laissait glisser sur la pente en béton, et en moins d'une seconde, on était en bas.

La patronne de la blanchisserie montait et glissait, puis recommençait plusieurs fois. Avec la même ferveur que si elle avait décidé de faire une démonstration de la bonne façon d'utiliser le toboggan, ou de tester sa solidité. Elle gravissait l'échelle un barreau après l'autre, en agrippant la rampe. Une fois en haut, elle regardait un instant au loin, respirait profondément, posait son derrière sur la pente et la descendait, les bras tendus devant elle. Elle se relevait après s'être assurée que ses fesses tenaient bien sur la partie plane, et retournait vers l'échelle en marchant sur les feuilles mortes. Puis elle répétait son manège. La base de l'échelle penchait un peu, la rampe branlait à un endroit, mais elle semblait l'avoir intégré car elle gardait l'équilibre et ne vacillait jamais.

— Je vais peut-être demander à quelqu'un qui s'y connaît de le réparer.

Je le lui avais proposé une fois, mais une expression embarrassée était apparue sur son visage.

— Ce n'est pas nécessaire.

— Le toboggan est dangereux aujourd'hui, il risque à tout moment de s'effondrer !

— Mais non, répondit-elle en secouant la tête de côté. Je le connais bien. Je sais précisément l'endroit sur lequel il est dangereux d'appuyer, quelle pression appliquer. Et…

Elle avait fait une pause avant de reprendre :

— Personne à part moi ne joue ici. Ce serait dommage de le faire pour moi. Non, c'est très bien comme ça.

Je ne lui avais pas reparlé de réparation. La patronne de la blanchisserie continuait à venir une fois par mois à l'école maternelle pour s'occuper des équipements en décomposition.

Après le toboggan, elle allait à la bascule. Parce que le nombre de fois était déterminé, ou qu'elle avait pour règle d'en faire jusqu'à en être satisfaite, elle passait sans heurt d'un équipement à l'autre. Quand elle se donnait deux tapes sur le derrière de son pantalon, c'était le signal qu'elle en avait fini avec le toboggan. La balançoire à bascule était prévue pour quatre enfants ; la peinture de la planche, des appuis et des poignées était écaillée et les espaces noirs entre les craquelures étaient dégradés. Elle enfourchait l'extrémité, pliait les deux genoux et serrait la poignée. Les branches de l'eucalyptus bouchaient la vue de l'extrémité de la bascule la plus éloignée de la salle des maîtres. La patronne de la blanchisserie gardait le dos bien droit, et s'élevait d'un vigoureux coup de pied contre le sol. Le bruit douloureux produit par les appuis, qui rappelait une respiration haletante, venait contredire sa légèreté.

Pour les enfants de l'école maternelle, jouer à la bascule, c'était "faire du clic-clac". Ils se disputaient toujours pour savoir qui en ferait avec qui. Lorsque la directrice de l'école maternelle expliquait qu'il fallait un enfant plus petit devant, et un plus grand derrière, ils respectaient sagement cette règle. Quand on était en haut, on était "clic", et quand on retombait, "clac". Les enfants disaient tous cela en montant et descendant. Ceux qui ne parlaient pas bien n'arrivaient à prononcer que "ac" ou "ic", mais ils s'en satisfaisaient, comme le montrait leur expression. Une fois que leurs pieds avaient quitté terre, même s'ils ne restaient qu'un instant en l'air, peu leur importait : ils agitaient leurs jambes en tous sens, sans craindre de tomber. La peinture lisse luisait, les appuis étaient bien graissés, et on n'entendait que les cris de joie des enfants.

La patronne de la blanchisserie maîtrisait la bascule. Bien qu'il n'y eût personne en face d'elle, elle arrivait à monter au plus haut, et réussissait à reproduire ce qu'adoraient les enfants, cet instant où l'on s'arrêtait en l'air. Qu'elle se cogne la tête au feuillage de l'eucalyptus, ou que des brindilles qui s'étaient brisées lui frôlent le visage ou s'accrochent à ses cheveux lui était égal. Au point que cela donnait presque l'illusion que de l'autre côté de la bascule, il y avait quelqu'un que l'eucalyptus m'empêchait de voir.

Fatiguée de creuser dans les strates noires des lettres, je me suis interrompue pour observer la cour. J'ai vu le pendentif se lever et s'abaisser sur la poitrine de la patronne de la blanchisserie au rythme des grincements des appuis de la bascule. Au bout d'un fin lacet de cuir, il roulait sur le chemisier blanc, comme pour reproduire la joie des enfants enthousiasmés par le clic-clac.

— Votre pendentif est mignon.

Ce n'était pas un sautoir comme un autre, mais je ne m'en suis rendu compte qu'après avoir parlé.

— Vous voulez dire ça ? répondit-elle sans s'en offusquer en soulevant le lacet pour le rapprocher de moi.

La breloque était une tétine en caoutchouc. Tout à fait ordinaire, avec une téterelle en forme de mamelon au centre d'une collerette ronde. D'après les marques qu'elle portait et sa couleur, elle n'était pas neuve, et je compris qu'autrefois, elle avait été vraiment utilisée par un bébé.

— Elle vous va très bien.

Ce n'était pas un mensonge. De sa couleur caramel, opaque à force d'avoir absorbé tant de salive, et de sa petitesse appropriée aux lèvres d'un bébé émanait une certaine discrétion qui ne nuisait pas au blanc du chemisier. De la même manière que les instruments de musique qui pendaient aux oreilles n'étaient jamais voyants.

— C'est gentil de me dire ça… fit-elle avec un sourire embarrassé.

L'instant suivant, elle était passée à la balançoire. De tous les équipements de l'aire de jeux, c'était le plus abîmé, au point qu'il avait gardé peu de chose de sa forme originelle. L'un de ses pieds en triangle s'était brisé, le portique penchait beaucoup, les chaînes des sièges de la balançoire s'étaient emmêlées et avaient rouillé au point que les désembrouiller était impossible. Un chat errant avait dû s'y laisser prendre, il en était mort et ses os étaient éparpillés dans l'herbe. La patronne de la blanchisserie choisissait un siège sur lequel il était encore possible de s'asseoir même si se balancer ne l'était plus. Elle y restait, immobile. En tordant le haut du corps pour conserver l'équilibre. Comme si elle se reposait, fatiguée par le toboggan et la bascule, et j'avais l'impression qu'elle contemplait les os à ses pieds. De temps à autre, elle portait la tétine à sa bouche.

Je la préférais quand elle se servait de la barre en fer. C'était le dernier équipement qu'elle utilisait, comme pour couronner le tout. Chaque fois, j'étais saisie d'un sentiment étrange, je ne comprenais pas où cette force était celée en elle qui était presque au bord de la vieillesse. Quand elle arrivait à la barre en fer, j'interrompais ma transcription, quelle que soit la beauté du passage sur lequel je me trouvais, incapable de ne pas tourner les yeux vers la cour de l'école.

La patronne de la blanchisserie faisait le grand soleil à la barre fixe. Elle se hissait d'un coup de pied sur la barre destinée aux enfants, d'où un adulte aurait dû toucher terre ; à peine s'était-elle balancée deux ou trois fois qu'elle tendait son corps et faisait un tour. En un instant, si vite qu'à moins d'être attentif, on ne le voyait pas. Jusqu'à la pointe de ses ongles depuis ses doigts qui serraient la barre, son corps formait une ligne droite, ses coudes n'étaient pas plus fléchis que ses genoux, et cette belle ligne dessinait un cercle net. Le blanc de son chemisier se reflétait nettement sur le ciel au-dessus de la cime des arbres. J'avais beau plisser les yeux pour bien la voir, je n'ai jamais compris comment elle pouvait faire un tour parfait sans être gênée par le sol et sans plier les jambes.

Elle en faisait trois, puis quatre et cinq, de plus en plus gracieuse. Sans aucune force inutile, et je pouvais presque entendre le son que le bout de ses ongles faisait en fendant l'air. La pesanteur, la force centrifuge et quelque chose d'invisible soutenaient son corps gracile. Sans une seconde d'hésitation, du sommet tout droit vers le bas. Elle se servait de cet élan pour passer de la position "six heures" à "neuf heures". Les poignets fléchis. À nouveau elle descendait du sommet vers le bas. En un seul mouvement continu, naturel. À chaque révolution, la jeunesse lui revenait, comme si elle remontait le temps, et le déséquilibre entre la hauteur de la barre de fer et sa taille avait cessé d'exister. Dans la verdure encadrée par la fenêtre de la salle des maîtres, la barre et le corps de la patronne de la blanchisserie étaient en harmonie. De la même manière que dans l'auditorium, les boîtes en verre et leur contenu tenaient dans un seul contour, sans se préoccuper de la taille réduite.

La tétine tournait avec la patronne de la blanchisserie. En suivant fidèlement le cercle qu'elle traçait. Les deux cercles restaient toujours concentriques. La verdure de la cour de l'école maternelle retenait son souffle en observant ces cercles.

— Je vous remercie, m'a-t-elle dit depuis la porte de la salle des maîtres quand elle eut terminé son programme avec les équipements de l'aire de jeux.

— Vous avez fini ?

J'ai remis la lettre dans la corbeille "à déchiffrer" et je me suis levée. J'avais l'impression qu'il était préférable de prétendre que j'avais été tellement prise par mon travail administratif que je ne l'avais pas du tout regardée.

— Puis-je vous offrir un thé ? Il se trouve que j'ai fait des cupcakes hier.

— Ne vous dérangez pas pour moi. Je vais repartir.

Elle a essuyé la sueur sur son front du bout des doigts. Des cheveux blancs collaient à sa nuque. Le sentiment de force qui émanait d'elle quand elle faisait ses extraordinaires grands soleils avait disparu, elle était revenue à son plaisant sourire. Bien qu'elle se soit amusée sur les équipements encore humides de pluie dans la verdure, son chemisier était immaculé. La sucette pendait sagement sur sa poitrine.

— Auriez-vous quelque chose à me donner à nettoyer ?

Il était convenu qu'elle le fasse gratuitement pour me remercier de la laisser utiliser l'aire de jeux.

— Ce n'est pas la peine, vous savez. C'est plutôt moi qui devrais vous remercier de vous servir de l'aire de jeux.

— Ne me dites pas cela, s'il vous plaît. Je n'ai pas d'autre moyen d'exprimer ma gratitude.

— Vraiment ? Eh bien dans ce cas, si vous pouviez…

Je lui ai tendu le plaid de la voiture de promenade.

— Devons-nous faire quelque chose pour les taches sur la mousseline ? demanda-t-elle en regardant l'envers du plaid, pour vérifier sa composition.

— Non, non, je ne souhaite qu'un simple nettoyage à sec.

— C'est noté.

Elle le replia soigneusement. Notre dernier transport de boîtes-vitrines du musée d'histoire locale l'avait taché de boue. Je voulais faire laver ces endroits ; les différentes traces laissées par les enfants ne disparaîtraient probablement avec aucun détergent, et il n'était pas indispensable de les faire partir.

— Vous êtes pressée ?

— Pas du tout.

Je savais qu'un certain temps s'écoulerait avant que nous ayons besoin d'aller nous réapprovisionner en boîtes en verre.

— Très bien. Je vous remercie de votre confiance.

— C'est moi qui vous remercie.

— Merci.

— J'attends votre prochaine visite.

— Au revoir.

— Au revoir.

La patronne de la blanchisserie a mis le plaid dans un grand sac destiné à la lessive et elle s'est dirigée vers l'entrée principale en écartant les branches des buissons de la cour. Les équipements de l'aire de jeux qui étaient revenus à la vie et s'étaient rappelé leur fonction d'autrefois avaient retrouvé le sommeil. Je l'ai regardée marcher entre les broussailles, le sac à la main.

Une fois arrivée à l'entrée principale, elle s'est arrêtée et s'est retournée vers la cour de l'école maternelle. Elle a porté la tétine à sa bouche, l'a sucée deux ou trois fois avant de s'éloigner. Bientôt je n'ai plus vu son chemisier blanc qui s'est confondu avec la lumière du soleil.

En revenant du parc municipal où elle vend ses boîtes-repas, ma cousine est passée à l'auditorium pour apporter le cadeau destiné à célébrer à la fois l'anniversaire de son fils et la fin de ses études. Après avoir garé son vélo à côté des ginkgos, elle a ôté son fichu et l'a glissé dans sa poche.

— C'était quoi, le menu aujourd'hui ? ai-je demandé.

— Du poisson blanc à la sauce aigre-douce.

— Ça donne envie.

Elle avait tout vendu, le sac isotherme était vide.

— J'ai eu beaucoup du mal à lui choisir un livre, a-t-elle murmuré.

J'ai compris qu'elle avait décidé de lui offrir un livre de poche, comme nous en avions parlé l'autre jour.

— Je veux bien te croire. Des livres, il y en a tellement.

Je n'ai pas su tout de suite quelle bougie sélectionner pour un jeune homme de vingt-deux ans. Il ne fallait pas qu'elle soit trop enfantine. J'ai opté pour une au parfum de gâteau d'anniversaire, puisque c'était de cela qu'il s'agissait.

— J'ai de nouveau pris conscience de la chance que j'ai, a dit ma cousine en essuyant le dessus de la boîte.

La sienne se trouvait sur l'étagère la plus éloignée de la scène. Elle en prenait bien soin, pas un grain de poussière n'était visible à l'intérieur. À l'origine, la boîte renfermait un modèle reproduisant la rive d'un fleuve au Crétacé, à la fin de l'ère mésozoïque.

— Parce que la plupart des auteurs que je veux partager avec lui sont morts. Et un bon livre vit plus longtemps que son auteur.

— Oui, acquiesçai-je.

— La vie est trop courte…

— Les livres survivent, eux.

— Comme cette boîte.

Elle continuait à essuyer le verre, comme si l'absence de traces de doigts sur la surface ne lui suffisait pas.

L'ouvrage qu'elle avait choisi était *Chagrins précoces* de Danilo Kiš. Entre de grandes œuvres, *Le Rouge et le Noir*, *Les Hauts de Hurlevent*, *Crime et châtiment*, *Le Château*, *Les Raisins de la colère*, *Les Misérables*, elle avait sélectionné la plus modeste, la moins emphatique, celle qui dépeignait le monde humble dans lequel vivait un jeune garçon. C'était aussi le livre le plus petit et le plus mince.

— Finalement, ils auraient tous pu faire l'affaire. Le simple fait qu'ils durent plus longtemps qu'une vie humaine prouve leur importance.

Ma cousine était plus bavarde que d'ordinaire, sans doute parce que c'était un jour spécial.

— Penser que tu lis la même page que quelqu'un qui n'est pas avec toi rassérène, non ?

— Si.

— Un peu comme si on vivait encore après sa propre mort.

Je me suis contentée de hocher la tête, sans rien dire. Elle arrêta enfin de frotter, plia le chiffon et le rangea dans une autre poche de son tablier.

Il commençait à faire sombre de l'autre côté du rideau et j'ai cru percevoir le son léger de la pluie sur les ginkgos. J'ai eu peur qu'elle mouille le vélo, mais ma cousine ne paraissait pas s'en soucier. Y avait-il quelqu'un dans la galerie ? J'ai tendu l'oreille. Le bruit des gouttes qui tombaient sur le toit a commencé à se faire plus net.

Bien qu'il y eût beaucoup de boîtes-vitrines, étrangement, les visiteurs de l'auditorium ne venaient jamais en même temps. Nul besoin de prendre rendez-vous, cela se faisait de soi-même, sans nécessiter de précautions particulières, personne n'avait à se préoccuper d'éviter le regard d'autrui, ni de ne pouvoir rester longtemps par égard pour un nouveau venu. Quelqu'un arrivait, restait le temps qu'il jugeait bon et repartait ensuite. Une fois que toute trace de son passage s'était évanouie, un nouveau visiteur se présentait. C'était ainsi. On aurait dit que tout le monde obéissait docilement à l'ordre tacite tissé par les êtres que protégeaient les boîtes en verre.

— Je me demande pourquoi il y a si souvent "et" dans les titres des livres qui font partie des chefs-d'œuvre de la littérature mondiale, lança tout à coup ma cousine, comme si elle venait de s'en rendre compte.

— C'est vrai qu'il y en a beaucoup.

— *La Guerre et la Paix, Le Prince et le Pauvre, Des souris et des hommes.*

— *Le Bruit et la Fureur, Orgueil et préjugés, Le Vieil Homme et la Mer*… On pourrait continuer.

— Est-ce que cela veut dire qu'il suffit de deux noms communs pour représenter le monde ?

— *L'Étrange cas du Dr Jekyll et de Mr Hyde, Franny et Zooey, Roméo et Juliette.* Quand il s'agit de deux noms propres, c'est peut-être moins intéressant.

— Mais il y a aussi des titres comme *Petit Point et ses amis.*

— Ça passe aussi.

Une fois qu'elle avait terminé ses préparatifs, elle a placé le cadeau dans la boîte. En choisissant exactement le bon angle pour l'appuyer contre le côté, afin que l'on voie bien la couverture beige illustrée d'un jeune garçon et d'un chien. Le stylo à encre, les lettres et la carte de bibliothèque qui l'y avaient précédé s'habituèrent instantanément à sa présence. Nous avons toutes les deux contemplé la boîte en silence.

Le bruit de la pluie emplissait indéniablement l'espace. De l'air froid de l'extérieur filtrait par le chambranle.

"Après cette séparation, je ne pouvais plus vivre."

La phrase inscrite sur le bandeau semblait flotter dans la lumière reflétée par le verre. Je me la suis répétée plusieurs fois.

— Le chien et le garçon, voilà aussi deux mots qui suffisent, ai-je dit.

Dans ce livre, j'aimais le passage où le jeune garçon à la recherche d'une vache qui a disparu s'hypnotise lui-même, tout en encourageant son chien par ces mots : “Ni les fées des bois ni les sorcières n’ont le pouvoir d’ensorceler les chiens*”, et aussi dans le dernier chapitre, le moment où il colle son oreille à un poteau électrique et entend le son produit par les fils en pensant que c’est sa propre harpe. Chaque fois que je le lisais, je pouvais me dire que lorsque tout le monde tendait l’oreille pendant le concert de soi à soi, les enfants jouaient eux aussi de leur instrument.

Ma cousine ne hocha pas la tête ni me contredit mais continua à fixer intensément le livre. D’un œil lointain, comme si elle avait oublié qu’elle venait de le poser là et essayait d’interpréter les motifs gravés sur la rive de ce fleuve du Crétacé de la fin du Mésozoïque.

— Eh bien, comme il est d’usage…

J’ai guetté le moment opportun et j’ai apporté un cupcake cuit dans le four du réfectoire. Puis j’ai planté une bougie dans le sommet qui s’était fendu tant il avait gonflé. Comparée au petit gâteau qui tenait sur la paume d’une main, la bougie était bien trop grande, mais je ne m’en suis pas plus préoccupée que des miettes qui tombèrent. C’était le gâteau d’anniversaire de son fils. Nous avons allumé la bougie et entonné *Joyeux anniversaire*.

Cette chanson était assurément la plus chantée ici. Par les enfants de la maternelle pour leurs camarades, par les parents pour leurs enfants dans les boîtes en verre. Pas un jour ne se passait sans anniversaire à célébrer. Trois cent soixante-cinq jours par an. Dans l’auditorium, la date de naissance comptait plus que celle de la mort.

* Danilo Kiš, *Chagrins précoces*, traduit du serbo-croate par Pascale Delpech, éditions Mille et une nuits, 2003, p. 17.

Nos deux voix faibles et hésitantes ont bientôt été absorbées par l'obscurité qui régnait entre les étagères, étouffées par le bruit de la pluie. Rien à voir avec celle de M. Baryton. Mais nous ne nous sommes arrêtées qu'après avoir chanté tous les couplets, sans aucune honte ni raccourci.

— Eh bien…

J'ai encouragé ma cousine à souffler la bougie. La flamme brûlait vigoureusement au sommet du cupcake, entre ses paumes. Le gâteau était tout simple, sans aucune décoration, mais avec la lumière vacillante montait l'odeur d'une génoise moelleuse, de jolies pointes de crème fouettée et de fraises brillantes. Dans la lueur de la bougie se reflétait un gâteau à la crème décoré de vingt-deux bougies. Les mains tendues vers le ciel, ma cousine ne faisait pas mine de souffler la bougie.

CHAPITRE VII

Hormis les jours où je me régale d'un *bentō* de ma cousine, je prends mes repas seule dans l'ancienne salle de jeu qui me sert de salon et de salle à manger. Dans un coin de ce qui était la vaste cuisine, je fais revenir au beurre une ou deux fines tranches de viande, coupe en petits morceaux le tiers d'un concombre, réchauffe une tasse de soupe. Comme tout dans la cuisine est grand, alors que le reste de l'école est à la taille des enfants, ce n'est pas facile. Utiliser des ustensiles trop grands est plus difficile que s'accommoder d'objets trop petits. Les poêles sont trop lourdes pour que je puisse les porter d'une main, le feu de la gazinière est si fort qu'il me roussit les cheveux, le ventilateur produit un vrombissement terrifiant. Chaque fois que je presse sur un bouton, que je tourne une manette, j'en ai des palpitations comme si j'étais apeurée par quelqu'un. Je m'efforce de me faire plus petite encore que lorsque je m'allonge sur la couchette de l'infirmerie, et de cuisiner le plus rapidement possible.

Mais pour ne pas oublier les astuces mises au point pour les petits enfants aux goûts difficiles, je reproduis les menus qu'ils mangeaient. Je découpe des bords de fleur aux tranches de carottes, je dessine avec du fromage fondu et des petits pois la coupe au bol des petites filles sur un hamburger. Je plante un drapeau japonais sur un cure-dents au sommet d'une portion de riz sauté à la tomate et au poulet, je retourne en oreilles de lapin la peau d'une pomme rouge, et je fends en quatre le bout de mini-saucisses viennoises pour qu'elles prennent l'apparence de poulpes. Tout ingrédient, si petit soit-il, peut subir une transformation.

Je m'assois sur une petite chaise d'élève de la maternelle, récite une bénédiction et dis "Bon appétit !". La lumière est éteinte dans toutes les autres salles, et seule la lampe de la salle de jeu éclaire un peu la cour de l'école. Les équipements de l'aire de jeux sont enveloppés par l'obscurité, les ginkgos au bout de la galerie montent la garde de l'auditorium sans trembler d'une feuille. Le plancher conserve un peu de la chaleur de la journée, il fait bon, ni chaud ni froid. Avant de commencer à manger, je jette un dernier coup d'œil sur la pièce que je connais si bien. Relis les cartes affichées au mur où il est écrit "Merci", "Je vais bien", "Maman, je t'adore". La casquette jaune qu'un enfant a oubliée est toujours suspendue à un crochet.

Même si je suis seule, je souhaite dans la mesure du possible prendre mon temps pour manger, mais il ne m'en faut pas beaucoup pour avaler les quantités que contient la vaisselle adaptée aux enfants. Si je ne fais pas attention, mon assiette est vide en un clin d'œil. Chaque bol est si petit qu'il tient dans une main, et si mignon que j'ai presque envie de le presser contre ma joue plutôt que le porter à la bouche. Et tellement léger que je ne le sens presque pas. Parfois je suis prise d'une soudaine tristesse et je contemple machinalement son contenu.

Je glisse mes genoux sous la table tant bien que mal. Étroite et longue, elle va de l'entrée de la salle de jeu jusqu'à la fenêtre. Sa surface est couverte d'éraflures laissées par les fourchettes des enfants, et les miettes de nourriture qui s'y sont incrustées dessinent des marbrures. De plus, les vis des pieds de la chaise pliante ont dû se relâcher car je ne suis jamais droite, de quelque manière que je m'assoie, et conserver l'équilibre exige de la pratique. Le moindre mouvement produit un grincement.

Le dos courbé, je soulève les épaules et je serre les lèvres en cul-de-poule. J'y porte une rondelle de carotte au bord en forme de fleur, deux petits pois ou un fragment de fromage. Je tends la main vers le pain, enfourne le hamburger lisse, et une fois bue la soupe de ma tasse, il ne me reste plus rien à manger.

Je joins les mains devant la vaisselle vide. Mon repas est terminé.

Mon plus grand luxe après le repas n'était ni un digestif ni un dessert, mais le visionnage d'une cassette vidéo. Même en lavant avec le plus grand soin la vaisselle, une fois la table débarrassée, en nettoyant la cuisine jusqu'à essuyer la dernière goutte d'eau, il me restait presque trop de temps avant le moment où je me couchais sur mon lit de camp dans l'infirmerie. C'était encore plus vrai les soirs où les corbeilles "déchiffrées" comme "à déchiffrer" étaient vides, et que rien ne me donnait à penser que M. Baryton allait venir.

Le problème était que je ne pouvais m'offrir ce luxe souvent. C'était l'unique cassette vidéo qui restait à l'école maternelle, et à force de la regarder, elle était indéniablement altérée, avec un son irrégulier et une image floconneuse. Pour faire durer la cassette le plus longtemps possible, je devais limiter les occasions où je la regardais.

Anniversaire de la fondation de l'école maternelle, passages d'une comète, équinoxe d'été ou d'hiver, éclipse solaire ou éclipse lunaire, lancement ou retour d'une sonde spatiale, Noël, chute d'une météorite, anniversaire de M. Baryton… Chaque année compte plusieurs jours spéciaux qui me font penser que je peux m'accorder ce luxe, mais je ne mets la cassette qu'à une sur deux ou trois de ces occasions, choisies avec la plus grande parcimonie. Je déplace ma chaise en face de la télévision, et je me prépare une tasse de thé pour goûter au plaisir de cette soirée spéciale.

La cassette contient un enregistrement de la pièce du spectacle annuel, tout à la fin. Elle exige un engagement total, comme il convient à une apothéose, et requiert la participation de tous les élèves. Son titre est *Le Navet géant.* Afin de ne pas endommager encore plus la bande, j'appuie doucement sur le bouton "lecture".

La première scène est sombre et tremblotante, l'objectif mal réglé, mais cela ne dure pas, il suffit de ne pas s'impatienter. On comprend que ce qu'on voit est le rideau noir en velours. Le spectacle a lieu dans l'auditorium. Aucune boîte-vitrine n'est visible. À leur place, les parents qui remplissent la salle attendent le lever de rideau. Un bourdonnement d'excitation auquel se mêlent les pleurs des petits frères et sœurs encore trop jeunes pour fréquenter l'école maternelle remplit l'air.

— Huitième partie du programme !

Le spot qui éclaire un côté de la scène est dirigé sur la directrice de l'école qui sert de maître de cérémonie. Vêtue du tailleur qu'elle réserve pour ce genre d'événements, élégamment coiffée, elle tient d'une manière un peu affectée un porte-documents sur lequel est écrit : "Programme du spectacle annuel". Celui dans lequel je mets les lettres déchiffrées de M. Baryton, quand je les lui lis en marchant dans la cour.

— *Le Navet géant*, présenté par les classes des poussins, des canards et des paons.

Des applaudissements fusent, et deux maîtresses penchées en avant tirent le rideau de chaque côté de la scène.

À ce moment-là, la tension est à son comble pour moi. Les enfants sont-ils derrière ? Même si je me répète que la réponse est évidente, et que j'ai regardé la vidéo un nombre incalculable de fois, je n'échappe pas à cette angoisse. La vision de la scène déserte, sans aucun enfant, où seul restait le navet géant, s'imposait à mes yeux que je fermais plusieurs fois pour la chasser. Les parents qui n'ont aucune raison de connaître mes craintes sont préoccupés par des soucis paisibles. Leurs enfants ne seront-ils pas trop tendus ? Ont-ils encore assez de film dans leur appareil photo ?

Mais je peux me rassurer. Les enfants sont bien là. Les trois qui jouent le rôle du vieux monsieur sont debout au milieu de la scène, une corbeille contenant les graines de navet et un arrosoir à la main, et certains des autres, répartis entre cour et jardin, s'agitent et dépassent des deux pans du rideau qui devrait les dissimuler. Ils attendent tous sagement que leur soit donné le signal. Au fond de la scène apparaissent une ferme, une grange et un champ peints sur du contreplaqué. Ce n'est pas un chef-d'œuvre mais un tour de force, le résultat du travail des maîtresses durant plusieurs jours. Ce panneau en contreplaqué dont il n'existe plus que des morceaux incomplets est intact dans la vieille vidéo et ses couleurs sont vives.

Délivrée de mon inquiétude, je leur adresse un sourire. Une de maîtresses se met à jouer à l'harmonium une mélodie de style russe, simple mais entraînante. Les touches sont toutes là, et une musique plaisante résonne dans l'auditorium.

— Le vieux monsieur a semé les navets, annoncent solennellement les trois narrateurs, choisis pour leur assurance et leur absence de timidité.

Les vieux messieurs qui portent un gilet brun foncé et ont une barbe blanche en ouate sèment les graines dans le champ, un carton couvert de cellophane verte, et les arrosent. Chacun de leurs gestes montre qu'ils ont appris à se mouvoir comme des personnes âgées.

— Que le navet soit doux, très doux ! Et gros, très gros !

Peut-être parce que son menton le démange, l'enfant du milieu ne cesse de porter la main à la bouche. Comme il tire sur la ouate, il dit ses répliques avec un peu de retard sur les autres. Bientôt l'élastique qui la retient se détache d'une de ses oreilles, et la barbe descend d'un côté. Des rires fusent ici et là.

— Le navet a grandi, il est devenu énorme et très doux.

Les deux autres narrateurs continuent à parler au même rythme, sans se soucier du retard du troisième.

Lorsque, comme prévu, la maîtresse cachée dans le champ en cellophane soulève le navet fait d'un drap rempli d'oreillers et de couvertures, un brouhaha monte du public, stupéfait de sa taille. Les feuilles en feutrine verte cousues à sa pointe n'ont pas une dimension appropriée à l'ensemble. Mais la maîtresse réussit à poser sur la scène le navet dont l'intérieur mal arrimé bouge.

Je connaissais par cœur cette partie du programme, *Le Navet géant*. Qui jouait quel rôle, les costumes de chacun, l'ordre des entrées en scène, les moments où le public riait, ceux qui recueillaient le plus d'applaudissements. Les plus menus mouvements, les répliques, les événements inattendus, petits et grands, les mélodies jouées à l'harmonium, le jeu des lumières, les instants où l'écran se striait de rayures… Malgré cela, je ne perdais pas un sentiment de fraîcheur. Je savais ce qui allait arriver mais je goûtais au même plaisir que si je découvrais quelque chose d'inattendu. Les élèves étaient des masses étranges. Même si on leur demande ce qu'ils cachent, ils se contentent de faire les idiots ou de feindre l'ignorance, sans rien répondre, satisfaits de se conduire comme ils en ont envie, méconnaissant le sens même du mot "étrange". Leur masse demeure une énigme indéchiffrable, et cela quel que soit le nombre de fois que je regarde la cassette.

— À force de regarder et de regarder, il se peut qu'en réalité quelque chose change petit à petit, avait dit ma cousine un jour.

Il y avait des gens pour me demander si je ne m'en lassais pas, et elle était la seule à en parler ainsi.

— Comment ça ?

— Les fleurs du foulard de la grand-mère pourraient se transformer en pois, ou il pourrait y avoir une souris en plus, par exemple.

— Ça, je pense que je le verrai.

— Non, si le changement est trop minime, s'il arrive en silence, tu ne le remarqueras pas.

— Vraiment ?

— Oui. À force de rembobiner, rembobiner et rembobiner encore le temps, cela devient un bras de fer avec le passé, et le passé finit par s'épuiser.

Elle avait répété plusieurs fois le mot "rembobiner" d'un ton sérieux.

— Tu ne dois surtout pas renoncer !

Je n'ai pas su que répondre.

— Tiens bon ! ajouta-t-elle, alors que je me taisais car je ne comprenais pas ce qu'elle voulait dire.

Bien que je l'aie souvent invitée à regarder la cassette vidéo avec moi, elle n'a jamais accepté.

J'ai bu une gorgée de thé, tapé sur le côté du téléviseur et tripoté la prise, pensant qu'une image plus nette me détendrait. Sur l'écran, les enfants devenaient vieil homme, chien ou souris, et le téléviseur dans lequel ils essayaient de déterrer le navet géant avait à peu près la même taille que les boîtes-vitrines.

— Le chien tire le petit-fils, le petit-fils tire la grand-mère, la grand-mère tire le grand-père, le grand-père tire le navet, ho hisse, ho hisse, mais le navet n'est pas encore sorti de terre.

Ils continuent tous à essayer d'extirper le navet. De plus en plus de personnages arrivent sur la scène pleine à craquer. Une petite fille déguisée en chat se met à pleurer, peut-être parce qu'elle se sent oppressée par le manque de place ou parce qu'elle a pris peur en voyant les spectateurs. Son voisin, un garçon travesti en souris, lui jette un regard inquiet, mais ses larmes continuent à couler. Le chat saisit quand même la queue du chien et continue en pleurant à essayer de sortir le navet de terre.

Un enfant tire tellement fort qu'il tombe sur le derrière, un autre agite la main vers sa maman qu'il vient d'apercevoir, le foulard qu'a une fille sur la tête glisse et lui cache les yeux, un garçon s'aventure derrière le panneau en contreplaqué, un autre est pétrifié. Tous les enfants sont présents. Ils se donnent la main et forment une chaîne. L'harmonium continue à les accompagner.

Soudain, au moment où apparaît le chien, les feuilles en feutrine verte se détachent, on entend des rires. Une des maîtresses s'empresse de les ramasser et de les enfoncer au sommet du navet, là où est noué le drap. Les feuilles vertes semblent flétries. Sans remarquer les rires du public, les enfants répètent loyalement : "Ho hisse ! Ho hisse !".

L'image se brouille soudain. L'écran se couvre d'une sorte de brouillard, les enfants deviennent moins nets, la musique s'interrompt. Je donne une nouvelle tape au téléviseur, le débranche et le rebranche.

— Ho hisse ! Ho hisse !

Malgré la friture qui recouvre en partie leurs voix, les enfants répètent ces mots à l'unisson. Inlassablement, comme une formule magique pour empêcher qu'ils soient entraînés dans la blancheur nébuleuse de l'écran.

— Ho hisse ! Ho hisse !

Le navet géant demeure impassible. Le grand-père, la grand-mère, les petits-enfants, les chiens, les chats, les souris. La scène en est pleine, mais ils respectent tous l'ordre. Aucun d'entre eux ne pousse, ne se met là où il ne doit pas être. Personne ne leur a appris que l'ordre qui va du plus grand au plus petit, du plus fort au plus faible est important, mais ils le connaissaient tous.

Le brouillard devient graduellement plus dense. À l'instant où je me dis que les enfants vont être engloutis par cette brume opaque, elle se lève, et s'éloigne pour retomber quand je me sens rassurée. Lorsqu'elle réapparaît, les contours ont disparu.

Je me penche en avant, et m'assure du motif du foulard de la vieille dame. Je scrute l'écran à la recherche d'un nouvel enfant qui émergerait de sous le brouillard.

— Ho hisse ! Ho hisse ! Le navet est enfin sorti de terre.

L'harmonium était entre-temps revenu à sa mélodie originale. Le navet avait roulé en bas de la scène où il était devenu un tas informe à cause de son intérieur trop mou.

— Le navet est enfin sorti de terre.

Les enfants l'annoncèrent finalement. Parents et maîtresses applaudirent de concert. Les enfants se mirent à danser de joie au rythme de leurs battements de mains. Un grand-père et un narrateur sautillaient en se tenant par l'épaule, les petits-enfants faisaient la ronde avec les chats, les grands-mères enlevèrent leur foulard et l'agitèrent en l'air. Des souris enfoncèrent la tête dans le navet qu'elles étreignaient, vite imitées par des chiens. Les feuilles se détachèrent à nouveau mais personne ne s'en soucia. Une petite fille faisait onduler ses longs cheveux, un garçon tapait sur le panneau en contreplaqué. D'autres s'allongeaient de tout leur long sur la scène ou sautillaient dans une danse improvisée.

— C'est fini.

Qui a lancé le signal ? Cette annonce rétablit l'ordre, restaura l'harmonie. Les applaudissements redoublèrent. Le rideau se referma sur les enfants qui continuaient à saluer de la main.

— Bye-bye !

Moi aussi, j'ai secoué la mienne.

— Bye-bye

En criant aussi fort qu'eux, en ouvrant grand la main et en la levant aussi haut qu'eux, pour servir de repère aux enfants que le brouillard engloutissait, entraînait dans un fond lointain, comme s'il voulait les emmener très loin. Je l'agitais, cette main, encore après que la cassette s'était arrêtée et que le brouillard avait recouvert l'écran.

— Il vous va très bien, ai-je dit.

Évitant mon regard, M. Baryton a baissé la tête, embarrassé.

— C'est juste la bonne largeur pour les épaules, et la bonne longueur.

Il faisait assez doux en ville pour qu'on puisse sortir en taille, mais M. Baryton portait un pull en laine. Un cadeau de sa bien-aimée, qu'elle avait tricoté avec un motif d'empreintes digitales.

Nous nous promenions sur la colline où se tenaient les concerts de soi à soi. Par un début d'après-midi où brillait un soleil éblouissant, dans la forêt où gazouillaient les petits oiseaux.

— Ça a dû lui prendre beaucoup de temps. Le motif est tellement compliqué…

Je tournai les yeux vers la poitrine de M. Baryton, avec l'envie de toucher ce dessin, et le sentiment que je ne devais pas.

Au premier regard, le chandail noir paraissait ordinaire avec son col rond. Mais si on l'observait attentivement, on distinguait des variations dans le noir qui allait du plus intense au moins profond, et on percevait les courbes que tous ces noirs formaient en se chevauchant. Comme les lettres qu'elle lui écrivait.

— Et vous avez tous les deux le même, n'est-ce pas ?

Il a hoché la tête.

— En ce moment, elle porte le sien et se promène dans le jardin de l'hôpital, c'est bien ça ?

La lettre qui accompagnait le pull indiquait le jour et l'heure auxquels il devait être porté. Même s'ils étaient loin l'un de l'autre, s'ils portaient le même pull le même jour à la même heure, cela serait exactement comme s'ils étaient ensemble, écrivait-elle. J'en étais certaine, parce que c'était moi qui l'avais déchiffrée.

Sur le devant étaient tricotées les empreintes des cinq doigts de la main droite, et dans le dos celles de la main gauche. Les volutes régulières, l'ovale ambigu du centre, les vagues qui ne vont nulle part. Les courbes ne se gênaient pas mais se reliaient de manière exquise et couvraient l'ensemble du pull sans jamais s'interrompre. Absolument tout, des manches au col, bien sûr, et jusqu'aux côtes du col et aux coutures des aisselles, reproduisaient les empreintes digitales.

C'était un après-midi de semaine, et peu de gens faisaient l'ascension de la colline. Assises sur les bancs à l'ombre des arbres, quelques personnes âgées qui avaient du temps à revendre lisaient ou se reposaient. Nous marchions au bord de la colline pour ne pas les déranger. Le soleil était si vif qu'une brume recouvrait le bourg, et la rivière elle-même disparaissait dans la lumière. L'herbe sur les pentes était vigoureuse, le sol souple sous nos pieds, le vent apportait une odeur de verdure. De temps à autre les petits oiseaux qui faisaient se balancer les cimes s'envolaient sans raison apparente.

— Tricoter un pull, cela ressemble à écrire une lettre.

Même quand je regardais au loin, le motif du chandail qui se reflétait dans un coin de mon champ visuel ne disparaissait pas.

— Un caractère après l'autre, une maille après l'autre.

Pendant la montée, M. Baryton ne chantait jamais. Parce que même quand il n'y avait pas de concert de soi à soi, il ne voulait pas courir le risque de faire disparaître les sons encore latents des instruments accrochés aux lobes des oreilles.

— Dans ce cas, tricoter doit aussi être permis dans le cabinet d'écriture pour la sérénité. Écriture et tricot. Ce sont de vrais jumeaux. Si quelqu'un tricote à côté d'une personne qui écrit, cela ne la dérange pas du tout.

Je me tus et le bruit produit par les chaussures de M. Baryton sur l'herbe parvint à mes oreilles. Un crissement qui me conduisit à me demander s'il avait quelque chose de commun avec le son d'une lyre d'oreille.

— Et ce doit certainement lui être autorisé. Spécialement pour elle qui écrit des lettres avec des caractères trop petits et tricote des pulls à motif d'empreintes digitales.

Un gazouillis remarquablement pur monta vers le ciel. Un, puis deux, vieillards assis sur les bancs levèrent la tête vers le ciel à la recherche de l'oiseau, avant de la baisser. L'éclat du soleil se fit encore plus vif, illuminant les pentes de la colline. Mais le pull conservait la sérénité qui lui était propre sans se laisser distraire par le pépiement ou la lumière.

Nous avons redescendu la pente, marché un moment dans la forêt puis nous sommes retournés au sommet de la colline. Le temps qu'elle avait alloué à la promenade était loin d'être terminé. M. Baryton désigna un banc du doigt comme pour me proposer que nous nous y asseyions. Une branche d'olivier qui faisait saillie en oblique projetait une ombre idéale sur l'assise, une planche en béton, sans dossier ni accoudoir.

— Le jardin de l'hôpital est probablement moins vaste que la colline. Y êtes-vous déjà allé ?

Il acquiesça sans rien dire et je repris :

— Ce doit être un endroit plaisant, avec peut-être des massifs fleuris toute l'année, une source pure intarissable, et des nichoirs pour oiseaux. Puisque c'est d'abord un jardin destiné à réconforter les malades.

J'imaginais sa bien-aimée s'y promenant, vêtue de son pull à empreintes digitales. Comme je connaissais mal son visage, je ne pouvais me la représenter que de dos. Maigre au point que l'on devinait sa colonne vertébrale courbée sous le chandail, les épaules tombantes. Il me semblait aller de soi qu'une personne capable de reproduire avec de la laine tous les détails des empreintes digitales et de transformer en ténèbres du papier à lettres grâce à des couches de caractères ne se tienne pas droite.

— C'est une très bonne idée pour deux amoureux contraints à la séparation. Il y a des couples pour contempler la lune à une heure convenue entre eux, mais c'est un peu facile, n'est-ce pas ? Son plan est de loin plus créatif et sophistiqué.

Elle marche seule. Vêtue d'un pantalon discret qui ne perturbe pas les nuances des empreintes, chaussée de vieilles tennis effilochées. Elle fait le tour des massifs, observe les nichoirs, boit de l'eau à la source. Essuie sa main mouillée au bas de son pull. Le sien reproduit les empreintes de M. Baryton, et celui qu'il porte, celles de sa bien-aimée.

Quand elle tricote ses propres empreintes, elle pose souvent ses aiguilles, vérifie les courbes du bout de ses doigts, et recommence à tricoter tout en modifiant les symboles de la grille. Un doigt à la fois, en commençant par l'auriculaire, puis l'annulaire, et le majeur, dans l'ordre. Mais comme elle a en mémoire les empreintes de M. Baryton, elle n'a pas à s'interrompre. Elle peut tricoter en se rappelant ses doigts. Le motif de ses empreintes est transféré tel quel à la laine. Elle s'abandonne à la sensation que ses doigts donnent naissance à ceux de son amant.

Il ne s'agit pas seulement des empreintes. Elle sait tout de ses doigts à lui. L'endroit où il a un grain de beauté, celui où un cal s'est formé à cause du stylo, le bruit quand il coupe ses ongles, la manière dont ses dix doigts la touchaient. Absolument tout.

C'est pour cela qu'elle a commencé par tricoter le pull qu'elle porte, et s'est mise à celui destiné à M. Baryton, qui lui a demandé plus de travail, une fois qu'elle l'a eu terminé. Avec l'impression qu'il exprime un amour plus profond parce qu'il est plus difficile, au point qu'elle a eu peur de l'achever. Chaque fois qu'elle terminait un rang, elle l'exposait à la lumière, tirait les mailles, et vérifiait qu'il corresponde exactement à son doigt, que le motif n'était pas relâché.

La première fois qu'elle a passé les manches du chandail, elle tremblait de tout son corps. La laine était déjà devenue les lignes qui dessinent ses empreintes. Des lignes dont il est impossible de déterminer le début et la fin, qui forment un tourbillon ininterrompu et l'enferment. Au moindre de ses mouvements, les empreintes se meuvent aussi. Les dix doigts caressent son corps. Nuque, clavicules, mamelons, omoplates, aisselles, coudes, bas-ventre… Les doigts de M. Baryton rampent partout.

— Il fait beau.

Je n'ai rien trouvé d'autre à dire.

— Oui, vraiment très beau, répétai-je.

M. Baryton qui regardait au loin n'a pas ouvert la bouche. Les rayons de soleil filtrés par les arbres vacillaient sur son profil.

Peut-être parce que pendant les concerts, les spectateurs se confondaient avec la pénombre dans un tout qui engloutissait les alentours, la colline paraissait plus vaste en plein jour. L'autre côté de la pente se confondait avec le ciel. La ville était lointaine. Sous ce ciel éblouissant, impossible de trouver l'école maternelle, le musée d'histoire locale ou le site de l'ancienne maternité. Comme l'atelier de M. Carie se trouvait dans un méandre de la rivière, on ne pouvait de toute façon pas le voir. J'ai cru entendre le carillon de la mairie annoncer l'heure, mais le vent était trop faible pour apporter la mélodie jusqu'à la colline.

— Je me demande quand aura lieu le prochain concert de soi à soi.

Ces mots ont glissé de ma bouche alors que j'étais consciente que personne ne le savait. Cela m'arrivait souvent quand j'étais avec M. Baryton. La frontière entre ce que je pensais au fond de moi-même et que je taisais, et ce qui sortait de ma bouche s'estompait, j'avais le sentiment qu'il n'y avait guère de différence entre les deux.

— Il faut attendre l'arrivée de la saison où le vent souffle un peu plus fort.

Bien qu'il ne m'ait pas répondu, j'ai saisi qu'il m'écoutait.

— Sinon, les instruments du lobe de l'oreille ne résonnent pas.

Je pensais parfois à l'instrument de la bien-aimée de M. Baryton pendant que je déchiffrais ses lettres. On murmurait que l'enfant qu'elle avait perdu était né de l'homme qui avait été son amant avant M. Baryton. J'avais entendu une seule fois quelqu'un parler de cet instrument comme s'il l'avait vu. C'était une lyre, non pas en bois mais faite à partir d'une côte, elle aussi l'œuvre de M. Carie. Cela ne changeait rien pour moi. M. Baryton ne m'en avait rien dit.

— C'était un garçon, avait-il chanté une seule fois, je ne sais plus à quelle occasion.

Quel était le timbre d'une lyre faite dans l'os d'une côte ? Je ne pouvais que me l'imaginer. La côte est d'un blanc immaculé, lisse, et dessine une courbe douce qui donne une envie irrésistible de la toucher. Elle possède à la fois une dureté telle que la turbine du dentiste ne peut la briser, et une fragilité si grande qu'elle surprend la paume de la main.

L'association avec les cheveux ne peut pas poser de problème, puisque les deux éléments viennent du même enfant. Peut-être se trouve-t-il des gens pour avoir l'illusion qu'un instrument de musique de cette forme a toujours existé caché dans son corps, ou qu'il a résonné durant la vie de l'enfant avant d'en être extrait.

Le son qu'il produit est encore plus ténu que celui des lyres ordinaires. Il ne laisse que la sensation d'un soupir effrayé, vestige de l'époque où les muqueuses, le liquide lymphatique ou les cils vibratiles le faisaient trembler au fond du corps. S'habituer au vent sur la colline lui est probablement impossible. Alors que les lyres en bois elles-mêmes sont considérées comme les instruments les plus subtils des concerts de soi à soi, l'attention du lobe de l'oreille est magistrale. Mais la bien-aimée de M. Baryton peut la supporter. Une personne capable d'écrire et d'envoyer ces lettres, de tricoter des pulls avec des motifs d'empreintes digitales est qualifiée pour avoir une lyre en os humain à l'oreille.

Elle est seule, à distance des autres concertistes sur la colline. Elle choisit un creux à l'écart du couloir du vent dans un repli dont les autres concertistes s'approchent rarement. Son lobe blanchâtre est aussi fin que l'extrémité de son doigt. La lyre qui apparaît et disparaît entre ses longs cheveux est comme un petit enfant timide qui se cache dans le dos de sa maman, et comme une partie de son crâne. Les cordes trop fines vibrent en réaction à la chaleur de son corps que transmet le lobe de son oreille, même lorsqu'il n'y a pas de vent. Sa lyre est la seule à se faire entendre alors que tous les autres attendent le vent.

Elle tend l'oreille. Je trouve que la personne qui a tricoté ensemble pour la première fois ces deux mots est remarquable. Elle tend l'oreille pour rendre son tympan le plus sensible possible, en éliminant tout ce qui est superflu, pour qu'il reflète l'onde dessinée par une gouttelette ténue. C'est vraiment ainsi qu'elle écoute le timbre de la lyre. Cette voix plus silencieuse encore qu'une respiration, qui a résonné autrefois au fond du corps de ce petit garçon parti vers le lointain en ne laissant derrière lui qu'une côte et quelques cheveux. Piétinant des deux pieds les feuilles amassées dans le creux, elle ferme les yeux et baisse la tête. M. Baryton la couve du regard depuis l'orée de la forêt.

— C'est presque l'heure, dis-je.

Il acquiesça après avoir jeté un coup d'œil à sa montre. Nous nous levâmes du banc ensemble. Le gazouillis des oiseaux avait cessé, l'ombre de l'olivier s'étendait jusqu'à nos pieds et le ciel était en train de changer de couleur. Seuls les vieillards avaient gardé la même position, assis çà et là sur des bancs. Soutenant mon dos d'une main, M. Baryton a pointé le chemin du doigt. Sans rater aucun de ces mouvements, les empreintes digitales de sa bien-aimée le caressaient.

— Eh bien, rentrons !

Après nous être assurés encore une fois que l'heure fixée par la lettre était arrivée, nous avons quitté la colline.

CHAPITRE VIII

Un jour s'est produit ce que je craignais. Les caractères de la lettre sont devenus trop petits pour être visibles.

Je savais que cela arriverait, mais quand je l'ai découvert, je n'ai rien su faire d'autre que poser la lettre avec emportement dans la corbeille des non-déchiffrées. Rien n'avait changé sur l'enveloppe gonflée couverte de timbres de toutes tailles. Mais quand j'ai sorti et déplié les feuillets qu'elle contenait, j'ai senti qu'ils étaient plus légers que d'ordinaire. Stupéfaite, j'ai exposé le premier à la lumière. Il était rempli du vide de l'obscurité. Les caractères avaient disparu sans laisser de traces.

M. Baryton ne s'est-il douté de rien ? Peut-être est-ce normal qu'il n'ait rien remarqué puisque cela faisait longtemps que pour lui les lettres n'étaient que du papier noirci sur lequel il ne distinguait pas les caractères de l'obscurité. Quand il est venu m'apporter la lettre en fin de journée, tout était comme d'habitude. Il a soigneusement essuyé ses pieds sur le paillasson, m'a tendu la lettre avec une attitude qui montrait qu'il était désolé de m'imposer cette tâche, et nous avons bu un thé assis tous les deux sur les petites chaises de l'ancienne salle de jeu. Comme je venais de finir les cupcakes, j'ai allumé une bougie au parfum d'éclair en guise de goûter. Il m'a chanté plusieurs mélodies, à propos des nouveaux instruments qu'il avait vus au concert de soi à soi, de l'espace souterrain de l'ancien musée d'histoire locale où pouvaient se cacher d'autres boîtes en verre, et des innombrables fruits du cycas du site de l'ancienne maternité. Bien qu'il ait apporté une enveloppe d'une légèreté inhabituelle, je n'ai pas perçu de tremblement dans sa voix. Seulement son baryton particulièrement beau. L'odeur de chocolat et de crème pâtissière qui montait se mêlait à sa voix et devenait le parfum d'un éclair.

Bien sûr, il se pouvait que les caractères n'aient pas disparu mais que ma capacité de les déchiffrer ne fût plus à la hauteur. J'ai obéi docilement à ce doute, et j'ai réexaminé chaque feuillet plusieurs fois avec presque trop d'attention. Mais cela n'a rien changé. Le noir postérieur à la disparition de tout était d'une autre nature que celui tissé par l'emmêlement de plusieurs couches de caractères. L'exact opposé, être ou ne pas être. Mes yeux qui avaient déchiffré d'innombrables lettres ne pouvaient pas se tromper. Les caractères graduellement devenus plus petits avaient, à partir d'un certain seuil, une fois cette limite franchie, été entraînés vers le fond de l'obscurité qu'ils avaient créée.

J'ai caressé sans gêne la surface du papier parce que je ne craignais plus que les caractères se dispersent. Comme je m'y attendais, je n'ai pas senti de caractère, mais seulement la présence du papier. Un seul instant d'hésitation a suffi pour que j'aie l'impression que le bout de mon doigt s'enfonçait dans l'espace où les caractères avaient été engloutis. L'obscurité était plus chaude que je ne l'avais pensé.

J'ai remis la lettre dans l'enveloppe, et après une seconde d'incertitude, je l'ai reposée dans la corbeille "à déchiffrer". Puis j'ai déplié des feuilles sur le bureau de la directrice, et j'ai écrit une lettre d'amour à M. Baryton.

Retranscrire ce que j'avais déchiffré, et écrire sur une feuille blanche des mots que j'avais moi-même choisis paraissent deux processus n'ayant rien en commun, mais une fois que j'avais commencé, je n'ai pas été particulièrement désorientée. La seule différence était que dans un cas, je transcrivais ce qui était sur le papier à lettres, et dans l'autre, ce qui était dans ma tête. Chaque fois que me venait une bouffée de culpabilité, je me convainquais que je ne devais pas hésiter.

J'aurais pu écrire encore et encore. La seule chose à laquelle il me fallait faire attention était de ne pas éveiller les soupçons de M. Baryton en terminant trop vite le "déchiffrage". De la même manière que sa bien-aimée exprimait son amour par son attachement aux petits caractères, je devais faire des efforts correspondants à la difficulté du déchiffrage. Le temps nécessaire pour écrire une lettre à M. Baryton était proportionnel à la profondeur de l'amour.

J'ai décidé d'écrire les lettres en tenant le stylo dans ma bouche. J'aurais pu écrire de la main gauche ou avec les orteils, mais le faire avec le stylo dans la bouche était le plus pénible. Au bout de seulement quelques caractères, j'avais des crampes dans le cou, mes tendons me faisaient mal, et la salive qui emplissait ma bouche pesait sur ma gorge. Je le vivais comme une mortification appropriée à l'amour que j'offrais à M. Baryton. De plus, dans cette position, mon dos se courbait de lui-même, et j'étais contente de sentir qu'ainsi ramassée sur moi-même, je m'ajustais encore plus à l'ancienne école maternelle. Chaque caractère que je terminais faisait se resserrer un peu plus mes articulations qui craquaient.

La pièce secrète où ils se retrouvaient dans la cave du musée d'histoire locale, l'odeur entêtante de l'encre dans le cabinet d'écriture pour la sérénité, les espèces d'oiseaux qui se rassemblaient au bord de la source du jardin de l'hôpital, le mouvement des aiguilles qui suivaient les empreintes digitales, le timbre de la lyre faite dans l'os d'une côte... Les mots affluaient en moi. Comme j'avais en tête la totalité des lettres de sa bien-aimée que j'avais déchiffrées, jusqu'au moindre caractère, je n'avais aucune difficulté à les dissocier, les réorganiser, et les orienter dans une nouvelle direction. Entre les caractères que je terminais de ma bouche impotente, les mots impatients déferlaient avec ma salive. Je finissais par ne plus savoir lesquels appartenaient à sa bien-aimée et lesquels étaient les miens. Mais cela revenait au même.

— Eh bien, allons-y, ai-je dit en prenant le dossier.

M. Baryton a hoché la tête et renoué les lacets de ses chaussures. Lorsque nous sommes arrivés dans la cour, nous nous sommes tous les deux dirigés vers le toboggan.

— L'herbe est plus dense chaque fois qu'il pleut.

Le sentier fait par les pas de la patronne de la blanchisserie dans les herbes folles gardait des traces d'humidité. Elle commençait toujours par trottiner vers le toboggan.

— Les journées sont bien plus longues.

Le soleil était encore vif en cette fin d'après-midi, et la lumière suffisante pour lire à voix haute. En revanche, ni la lune ni les étoiles n'étaient visibles. M. Baryton portait le pull aux empreintes digitales, bien que ce ne fût pas de saison. J'ignorais s'il l'avait promis à sa bien-aimée ou si c'était de sa propre initiative ; il avait dû décider de le mettre toujours pour m'écouter lire les lettres à voix haute, quelle que soit la température extérieure. Je pense que pour lui, cela signifiait s'abandonner à sa bien-aimée, grâce à ses mots d'amour qui entraient dans ses oreilles, et à ses empreintes digitales sur sa peau.

M. Baryton croyait vraiment que la lettre venait d'elle. Il ne me soupçonnait pas d'en être l'auteure, ni de l'avoir écrite avec ma bouche. Il ne savait rien du tout.

— Puis-je me permettre de commencer ?

J'ai ouvert le dossier quand nous nous sommes arrêtés au pied de l'échelle du toboggan.

— Allez-y, je vous prie !

La voix de M. Baryton imprégna l'ensemble du buisson et fit trembler les gouttelettes de pluie qui restaient sur l'envers des feuilles. Une fois que j'étais certaine qu'elle avait disparu, tout en savourant son souvenir, j'ai entamé la lecture de la première ligne.

Nous n'avions alors plus le temps de tenir des propos superflus. Les mots qui jaillissaient de la lettre emplissaient l'espace entre nous. Pendant que nous marchions, je concentrais mon regard sur l'intérieur du porte-documents, et M. Baryton s'absorbait dans l'écoute. Je connaissais le volume approprié à la lecture, savais quand tourner la page, et comment donner le signal d'un changement de voie.

Nous avions amplement l'habitude de ce temps où nous étions seuls tous les deux.

Même lorsque le texte ruisselait d'un amour débordant, je ne m'écartais pas de mon choix de lire d'un ton impassible, sans aucune émotion. Celui que j'aurais eu pour lire le rapport des comptes de la kermesse lors d'une réunion des maîtres. En ânonnant les visions impudiques comme le produit des ventes de petits gâteaux, le désir incandescent comme les frais de matériaux des sacs en tissu cousus main, les secrets indicibles comme le solde à reporter pour l'année suivante. M. Baryton s'accordait à mon ton en étant imperturbable. Sans rougir ni pâlir, il marchait d'un pas égal.

Nous avons fait trois fois le tour du toboggan, suivant spontanément la trace des pas de la patronne de la blanchisserie. À travers la semelle de mes chaussures, je percevais la manière dont elle montait et descendait le toboggan avec une posture parfaite. À l'endroit où se posaient ses pieds quand ils touchaient le sol, il s'était formé un creux qui avait leur forme, ceci parce qu'elle arrivait avec élan, symbolisant son humeur joyeuse. De l'eau de pluie qui ne s'était pas évaporée y stagnait. Je faisais attention d'éviter la flaque. Non pas que j'aie peur de mouiller mes chaussures, mais je m'en serais voulu que la lecture à voix haute dérange la patronne de la blanchisserie quand elle glissait sur le toboggan.

Lire les lettres avait la même signification qu'une longue promenade. La cour de l'école n'était pas grande mais elle me semblait très profonde quand je marchais en le faisant. Après nous être éloignés du toboggan, avoir traversé le parking pour aller à la piscine, et être repassés auprès de plusieurs équipements de jeu, nous avons fait plusieurs fois le tour de l'auditorium. L'épaule frôlant presque le mur, M. Baryton écartait les branches de ginkgo cassées et emmêlées qui pendaient. Ma voix qui lisait et le bruit de nos pas enveloppaient de plusieurs couches la grande boîte carrée. J'avais l'impression que cela nous permettait de protéger les petites boîtes à l'intérieur.

Bien que j'y aie mis tout mon cœur, les caractères écrits avec ma bouche étaient déformés çà et là, leurs lignes tremblotaient au lieu d'être droites, leurs points mal placés nuisaient à leur équilibre, et l'ensemble avait quelque chose de maladroit. Pris individuellement, les caractères semblaient craintifs. L'un courbait la tête comme s'il avait honte, incapable qu'il était de supporter sa gaucherie, un autre était hanté par le pressentiment de sa décomposition en plusieurs traits. Il y en avait même pour s'appuyer sur leur voisin parce qu'ils avaient perdu confiance en eux.

Mais à les contempler à nouveau en les lisant tout haut, j'avais le sentiment que c'était précisément pour cela qu'ils convenaient à une lettre pour M. Baryton. Le trop-plein de mon amour, le risque que je m'y perde, y apparaissait. Tous les caractères attendaient en retenant leur souffle la caresse de sa voix qui chantait.

"Les lèvres ne bougent pas aussi habilement que les doigts", lui disais-je dans mon cœur tout en continuant la lecture.

"Le stylo a un goût amer."

Je regardais M. Baryton du coin de l'œil, en percevant ce goût qui ne s'effaçait pas, bien que je ne cesse d'avaler et d'avaler encore ma salive.

"Un seul moment d'inattention, et le bout du stylo touche la luette et me donne un haut-le-cœur."

La sensation de la tige lisse et chaude me revint.

“Lorsque j’écris une lettre avec le stylo dans la bouche, j’ai du mal à savoir à quoi je ressemble.”

J’entendais le bruit des pas de M. Baryton tout près. Des feuilles mortes s’étaient collées à ses semelles, le bas de son pantalon était boueux.

“C’est très pénible. Assurément bien plus que vous ne l’imaginez. À peu près autant que d’écrire l’obscurité avec des caractères minuscules.”

J’entamai la page suivante, et serrai des deux mains le porte-documents. Il me restait encore plusieurs feuillets à lire.

“Quelqu’un qui me verrait accroupie sur la feuille, la bouche en cul-de-poule sur le stylo, les joues creusées, penserait probablement que j’ai été punie. Alors qu’en réalité c’est le contraire. Personne ne peut comprendre l’extase dans laquelle je baigne. Mais…”

J’entendis un oiseau battre des ailes, puis plus rien. Il me semblait qu’il n’y avait pas un souffle de vent, mais la cime des ginkgos frémissait. De la même manière que les empreintes digitales de son pull continuaient à grouiller même lorsque M. Baryton était immobile. Nos deux ombres se projetaient sur le mur de l’auditorium. Les empreintes digitales n’étaient pas tricotées dans celle du pull.

“Parfois je sursaute en voyant ma silhouette dans la porte-fenêtre de la salle des maîtres. Parce que je me souviens de la mante religieuse de la boîte-cadeau.”

Je n’arrivais plus à compter le nombre de tours que nous avions fait autour de l’auditorium. J’ai pris un nouveau feuillet.

“Quelle pénible mortification que d’attendre que mon corps se déforme jusqu’à avoir l’allure la plus appropriée à l'écriture des lettres ! La mante religieuse de la boîte-cadeau est la seule chose à laquelle je puisse me comparer."

— Eh bien, adieu. Prenez bien soin de vous. J'attends votre réponse.

Au moment où j'arrivai à la fin de la lettre, nous étions devant la barre de fer. La dernière étape du parcours de la patronne de la blanchisserie, le dernier dimanche du mois, autour de laquelle elle effectue de splendides cercles. Autrefois, il y en avait trois. Les deux qui l'entouraient s'étaient effondrées, leurs bases effritées, leurs barres et leurs appuis enterrés sous les mauvaises herbes, mais celle du milieu avait gardé sa forme parfaite comme si elle s'était engagée à le faire pour la patronne.

— Le soleil s'est couché.

À force de lire tout haut, j'avais la voix rauque. Au lieu d'acquiescer, M. Baryton cligna des yeux en regardant le ciel du couchant. Les empreintes digitales qui partaient de ses aisselles pour aller vers le milieu du dos grouillèrent. Bien qu'il ait beaucoup marché sans quitter le pull, aucune trace de sueur n'était visible de là où je me trouvais.

— C'est l'heure où les enfants rentrent chez eux.

Un crépuscule parfait pour le chant de M. Baryton recouvrait le ciel à l'ouest. Je levai les yeux vers le profil de son visage, en attendant sa voix, mais il ne remua pas les lèvres.

— L'heure où résonne le carillon de la mairie sur le lit asséché de la rivière.

Cette mélodie qui rendait tout le monde mélancolique, dont personne n'avait mémorisé le titre, mais que chantait toujours M. Baryton quand il avait quelque chose d'important à communiquer. Cela me rappela naturellement l'apparence qu'avait eue l'ancienne maternité en s'effondrant. Le carillon presque éraillé, par moments traînant, tournoyait dans le vent au-dessus de l'unique wagon de marchandises qui restait dans la gare de triage, du cycas toujours plus vigoureux, et de la berge déserte. Une volée d'oiseaux qui retournaient au nid en traversant les nuages teintés par le crépuscule disparut dans le ciel avec la mélodie sans nom.

— Pourvu qu'ils rentrent tous sans s'égarer en chemin.

La barre métallique dessinait une ligne horizontale paisible devant nous. Vue de près, elle me parut encore plus petite. Je faillis murmurer : "À ce point…" alors que j'étais indiscutablement habituée aux petites choses. À peine assez large pour un enfant, elle était si proche du sol que même en s'accroupissant, un élève de l'école maternelle aurait eu du mal à passer dessous sans la toucher. Elle me fit l'impression d'un humble signe laissé par quelqu'un, le résultat d'un caprice.

La cour de l'école avait son calme habituel. Le carillon de l'heure s'acheva et la lecture à voix haute me revint. Ma voix se transforma en ondulations qui assaillaient mes tympans. Comme en harmonie avec ces rides, je vis derrière mes paupières la silhouette de la patronne de la blanchisserie en train de tourner autour de la barre métallique. La blancheur de son chemisier immaculé était parfaitement assortie à la rouille de la barre, et le bas de son pantalon bleu marine soulignait l'arc qu'elle dessinait. C'était bien plus impressionnant que lorsque je l'observais depuis la salle des maîtres. J'entendais nettement dans mes oreilles le son de ses ongles qui fendaient l'air, le grondement de la barre, qui me faisait craindre que les supports ne se brisent.

La tétine était ce qui attirait mon regard. Animée par la volonté de ne jamais la quitter, elle était reliée à son cou. Le lacet en cuir tendu à se rompre ne se relâchait pas un seul instant. Quelle que soit la vitesse de ses tours, elle continuait à inscrire un cercle concentrique avec celui de la femme.

— Eh bien, il est l'heure…

Ma voix rauque n'était presque qu'un souffle. M. Baryton tourna enfin les yeux vers moi.

— C'est pour vous, ajoutai-je en lui tendant le porte-documents.

Il prit la lettre couverte de caractères immatures, les feuillets où restaient des taches de salive. Je priais pour qu'il sente leur odeur sur le papier, de la même façon que la patronne de la blanchisserie serrait la tétine sur sa poitrine, à la recherche d'une trace de son bébé.

La piscine ouvre le lendemain du solstice d'été. Comme c'est une habitude établie, je commence toujours les préparatifs quelques jours plus tôt. Je balaie les feuilles mortes et les débris accumulés dans le bassin, le brosse ensuite au lave-pont jusque dans ses moindres recoins, et ajuste les bondes des douches devenues trop lâches. Je nettoie le filtre de l'évacuation des eaux, arrache les mauvaises herbes du bord de la piscine, et expose le maillot de bain au soleil pour le désinfecter. Tout cela, je le fais avec précision. La piscine est minuscule et les préparatifs sont finis en très peu de temps. Ils ne sont pas compliqués.

Le bassin a la même forme simple que les boîtes en verre alignées dans l'auditorium. Les bords sont peints en jaune et sur le fond et les côtés bleus sont dessinés un dauphin, une loutre et des étoiles de mer. La peinture est écaillée mais on distingue encore la jolie forme de ces animaux marins.

Le jour de l'ouverture, je commence à la remplir dès le matin avec un tuyau. Comme la vanne destinée à cet usage est cassée, je dois le brancher sur le robinet des toilettes et le tirer tant bien que mal jusqu'à la piscine. Si je me laisse aller à penser que cette étape est simple parce que le bassin est petit, je cours le risque d'une déception. Il ne se remplit pas facilement. Lorsque je m'en approche, en le croyant presque plein, le niveau de l'eau est toujours plus bas que ce à quoi je m'attendais, et je repars découragée. Chaque année me voit méditer la même interrogation : à quel endroit cette boîte qui me donne l'impression que je pourrais la porter entre mes bras amasse-t-elle une telle quantité d'eau ?

J'aime le bruit qu'elle fait en coulant dans la piscine. Il s'entend partout dans l'école. Même lorsque je suis dans l'auditorium en train d'épousseter les boîtes en verre, je l'entends se manifester discrètement dans le silence si je m'interromps un instant. J'ai l'impression qu'il ressemble à celui des pas dans la galerie de ceux qui viennent pour les boîtes-vitrines, et je tends l'oreille, tournant spontanément mon visage dans cette direction.

Parfois je pense aussi que c'est peut-être la rémanence de la voix de M. Baryton quelque part dans un coin de la cour. Un fragment de son chant, étincelant comme une goutte d'eau dans le soleil.

Quand enfin il y a assez d'eau, j'enfile le maillot de bain. Oublié par quelqu'un dans l'armoire avec les trousses, les pyjamas pour la sieste et les sacs à chaussures pour l'intérieur, il est rouge, avec des volants et des rubans, comme les petites filles les aiment. C'est le seul maillot qui reste dans l'école maternelle.

Au début, il était de toute évidence trop petit, et j'arrivais tout juste à y fourrer mon torse, en tirant avec précaution sur les bretelles et le bas du maillot, mais aujourd'hui, mon corps s'y est fait. Je passe facilement mes deux jambes dans les ouvertures du bas, les bretelles ne me rentrent plus douloureusement dans les clavicules, et les volants sont à leur place sur les fesses. Seuls mes seins débordent encore sur les côtés.

L'eau qui remplit le bassin, dans laquelle personne ne s'est encore baigné, est transparente et plaisante. J'y trempe d'abord les orteils du pied gauche. Cela fait un petit "ploc", et un cercle s'élargit sur la surface brillante. Sitôt mouillé, le maillot délavé, élimé et raidi, retrouve son rouge originel. Les volants froissés se déplient gracieusement, le ruban de la poitrine à moitié décousu se balance avec élégance. L'eau est plus fraîche que je l'imaginais et je tremble de tout mon corps, mais je plonge résolument la tête dedans pour me mouiller les cheveux. Le dauphin, la loutre et les étoiles de mer semblent flotter. Alors qu'ils sont décolorés aux deux tiers, ils paraissent inexplicablement entiers dans l'eau.

Le ciel est bleu, le soleil éblouissant, et il souffle un vent sec. La stridulation des cigales monte çà et là des buissons. Je me réjouis de ce temps parfait pour l'ouverture de la piscine. L'expérience m'a appris que peu de gens viennent à l'auditorium en journée quand il fait si beau. Le silence règne dans l'entrée et la galerie, rien ne permet de penser que quelqu'un va venir. Les boîtes en verre ont les yeux baissés dans la pénombre de l'auditorium.

Je respire profondément, enfonce le visage dans l'eau, et pousse le mur avec force. Mes bras font des mouvements de brasse. C'est la seule nage que je connaisse. Plus réservée que les autres, ne produisant aucune éclaboussure, elle me convient. Comme l'eau ne m'arrive qu'aux genoux, je dois veiller à ce que mon derrière ne dépasse pas, et à ce que le bout de mes pieds ne heurte pas le fond, ce qui donne un style unique. Un seul instant d'inattention, et mes coudes raclent le mur. Mais à peine ai-je réussi que je suis déjà à l'autre extrémité du bassin. Je pose mes pieds au fond, essuie l'eau que j'ai sur la figure, me retourne, replonge et recommence le même manège.

Les enfants savent-ils que quelqu'un nage dans l'eau ? Aucun d'entre eux n'a jamais essayé de le faire, ni en brasse ni en crawl. Une bouée autour de la taille, ils s'amusaient à se balancer dans l'eau, à faire flotter leurs petits bateaux, à battre des jambes, et cela suffisait à leur joie. On en voyait parfois un ou deux mettre la tête dans l'eau, avec une appréhension palpable. Sitôt que leurs cils étaient mouillés, ils tremblaient de tout leur corps et jetaient des coups d'œil vers la directrice, avec la même expression que s'ils venaient de braver une interdiction.

Mouillés, les enfants paraissaient plus graciles que d'ordinaire. De l'eau dégoulinait de leurs joues aux capillaires apparents, des plis de leur maillot, du bord de leurs oreilles, de l'espace entre leurs côtes, du creux de leurs genoux, de partout. Rien n'accrochait à leur corps entièrement lisse, du sommet de leur crâne où collaient leurs cheveux à la pointe de leurs pieds qui remuaient au fond du bassin. Ils étaient eux-mêmes les gouttes d'eau qui tombaient du bout des doigts des dieux.

Peut-être savaient-ils où ils arriveraient s'ils nageaient à la surface de l'eau, et ce qui les attendait sur l'autre rive. Leur sagacité faisait qu'ils n'essayaient pas de le faire.

Seule dans le bassin d'où ils sont absents, je nage d'une rive à l'autre. Afin de faire durer le plus longtemps possible ce rythme d'à peine deux brasses, je m'efforce de bouger les bras et les jambes posément, mais je ne réussis pas aussi bien que la patronne de la blanchisserie. Alors que je voudrais que celle qui accomplit de grands cercles sur la petite barre métallique soit mon modèle, mes mouvements se font mesquins. Mais je continue mes allers-retours sans me décourager.

Grâce à mon nettoyage approfondi, l'eau est propre et transparente, il n'y a pas une seule poussière, et je distingue jusqu'aux grains du béton du fond. La couleur de la peinture qui hier encore était sombre est éclatante. Le soleil dans l'eau se transforme en rais, l'eau transparente se colore de la lumière. À chacune de mes brasses, son scintillement caresse mes mamelons qui débordent du maillot. J'ai l'impression que ça chatouille, j'ai envie de rire. Le dauphin, la loutre et les étoiles de mer me regardent.

Je touche la rive, et je respire. Je remets droit le ruban de la poitrine qui est parti de côté, et redresse mes bretelles. Étonnée d'être presque essoufflée, je tourne la tête vers le soleil en fermant les yeux à moitié, et je reprends mon souffle. Le bleu du ciel se reflète à l'intérieur de mes paupières. J'ai conscience que le reflet du soleil sur mon visage fait éclater les gouttes d'eau l'une après l'autre. Je me dis que c'est comme lorsque chaque gouttelette du chant de M. Baryton caresse mes joues. L'eau n'est plus froide du tout. Je reprends la brasse d'à peine deux mouvements.

Doucement, amplement, sans souci… c'est ce que je me répète mais mes genoux frottent le fond quand je les écarte. Ce n'est pas grave, ce n'est pas grave, doucement, doucement, sans souci… Je m'efforce de me concentrer sur la nage. Mais il est impossible de faire abstraction du fait qu'il y a de moins en moins d'eau. Sa sensation sous mes pieds se fait plus ténue, le dauphin, la loutre et les étoiles de mer qui avaient retrouvé pour la première fois depuis un an leur entièreté sont en train de revenir au tiers qui n'est pas décoloré. L'eau fuit par les fissures. Il faut autant de temps au bassin pour se vider que pour se remplir.

Même lorsqu'elle a beaucoup baissé, l'eau conserve sa transparence. La peinture bleue et jaune ne perd pas sa fraîcheur. Je fais encore plus attention à mes mouvements. Le dauphin, la loutre et les étoiles de mer se rapprochent de plus en plus. L'eau ne recouvre plus mon derrière, mes genoux, mes talons et mes coudes se cognent contre le fond, mon maillot de bain qui commence à sécher redevient terne. Du sang suinte de mes mamelons écorchés. Je ne sais plus si je flotte ou si je colle au fond. Mais je continue quand même à nager jusqu'à l'autre rive.

CHAPITRE IX

À la fin de l'été, je suis allée voir l'exposition "Simples bricolages parents-enfants" organisée dans la salle communale adjacente à la bibliothèque. Comme tous les ans, une œuvre du fils de ma cousine y était exposée.

Lorsque je l'ai appris à ma cousine, sa seule réaction a été de dire : "Ah bon !", en changeant à peine d'expression.

— Elle est placée tout près de l'entrée, à l'endroit qu'on voit le plus, tu sais !

— De toute façon, la seule chose qui l'intéressait, c'était les bonbons de la récompense, a-t-elle répondu d'un ton modeste, en esquissant enfin un sourire fier.

Cela fait déjà longtemps qu'aucune œuvre nouvelle n'est présentée pour être incluse dans la manifestation. À partir d'une certaine époque, il a fallu se résigner à exposer des travaux choisis parmi ceux primés autrefois. Personne ne se plaint cependant que cette exposition montre chaque année les mêmes créations plus défraîchies, et la transformation temporaire du hall en un lieu coloré signale à tout le monde l'approche de la fin de l'été.

Contrairement à ce que laisse penser le mot "simples", cette exposition enthousiasmait autrefois tous les enfants sans exception. Quelqu'un de la société de gâteaux et bonbons qui l'organisait a dû placer cet adjectif en première position. L'unique règle pour y participer était de réutiliser des matériaux liés aux sucreries, étuis de caramels, emballages de plaques de chocolat, boîtes métalliques de cookies ou bâtons de sucettes ; il n'y en avait pas d'autres, et chaque œuvre sélectionnée valait à son auteur un carton rempli de bonbons et gâteaux. Les enfants qui s'appliquaient à fabriquer des lions courts sur pattes, des voitures avec quatre roues de taille différente rêvaient du carton rempli à ras bord de sucreries. Pour eux, c'était une boîte magique qui ne se viderait jamais même s'ils en mangeaient toute leur vie.

— C'est bizarre, dis-je. Quand on entre dans le vestibule, on perçoit une légère odeur sucrée. Alors qu'elle aurait dû se dissiper depuis longtemps. Au point que j'ai eu un instant l'illusion qu'une bougie parfumée de l'auditorium y brûlait.

— C'est la marque des enfants, non ? murmura ma cousine en me servant mon déjeuner.

Le menu du jour était de la viande hachée et des aubergines sautées au curry. Accompagnées d'une plus grande quantité de pickles de concombre que d'ordinaire.

— Si tu le souhaitais…

J'ai porté à ma bouche une cuillerée de riz mélangé au plat principal.

— Je suis sûre que tu pourrais récupérer ce qu'il a fabriqué. Si tu en fais la demande auprès de la société, je ne pense pas qu'ils refuseront.

Ma cousine a laissé passer un peu de temps avant de faire non de la tête. Comme toujours, elle ne mangeait pas mais, assise de l'autre côté de la table, caressait et serrait alternativement dans ses mains désœuvrées un verre d'eau mouillé. Les livres que je venais d'emprunter à la bibliothèque formaient une pile entre nous.

La première œuvre de son fils était un super robot. La tête faite d'un étui de caramels au lait, le buste d'une boîte de chocolats aux amandes, les bras de petites bouteilles de bonbons effervescents au goût de limonade, et les jambes de boîtes de biscuits au maltose. Un bâtonnet de crème glacée gagnant reliait la tête au torse, de petites coupes de gelée de fruits figuraient ses yeux, son nez et ses oreilles ; le papier d'argent des plaques de chocolat qui recouvrait entièrement son corps émettait un fort éclat, et le bouton fait du fermoir d'une boîte de petits gâteaux fixé à son torse lui donnait l'air d'être prêt à utiliser à tout moment son rayon létal. Ses lourds pieds pouvaient tout écraser, et les coups de ses bras cylindriques semblaient pouvoir renverser tout ce qu'ils rencontreraient. Mais ce qui attirait l'attention n'était pas seulement sa puissance. Ses oreilles tournées vers l'extérieur et ses yeux qui conservaient un peu de la couleur de la gelée de raisin possédaient une profondeur de discernement capable de percevoir quoi que ce soit au loin.

— Mais non, ce n'est pas la peine, a-t-elle répondu en regardant dehors.

Le ciel couvert depuis le matin était encore plus sombre, et quelques gouttes de pluie commençaient à tomber sur la selle du vélo appuyé au porche. Maintenant, elle va encore moins s'écarter de la carte tracée par les trajets de son fils, et plus se concentrer sur ce qu'il y a à l'intérieur et sur la boîte en verre de l'auditorium, ai-je pensé. Mais au lieu de le lui dire, j'ai bu de l'eau glacée. De la vapeur s'élevait encore de la casserole sur le feu.

La salle communale avait déménagé sans préavis, en même temps que la bibliothèque, vers une zone qui n'était pas sur la carte de son fils. Le plafond de la nouvelle était plus haut, tout y était net et propret. Les œuvres sélectionnées pour l'exposition “Simples bricolages parents-enfants” y semblaient mal à l'aise. La plupart étaient décolorées, fissurées par endroits, mangées par les insectes ; à d'autres les débordements de colle et les élastiques desséchés conféraient une aura étrange. Nombreuses étaient celles dont on ne pouvait imaginer la forme originelle, car elles avaient perdu plusieurs de leurs pièces ou montraient leur intérieur, et d'autres ne tenaient plus debout parce qu'il leur manquait un support.

— C'est très bien que l'exposition continue comme avant, d'autant plus que le musée d'histoire locale n'existe plus, ai-je dit.

— Je me demande si c'est grâce aux gens de la salle communale, s'est interrogée ma cousine en se levant pour réduire au minimum le feu sous la casserole après en avoir mélangé le contenu.

— Ce n'est pas rien de présenter année après année ces œuvres si fragiles. Une à une, en faisant très attention.

— Est-ce que ce serait grâce à une personne de la confiserie ?

— Pourtant la section qui en était chargée ne doit plus exister.

— Ses activités ont dû être reprises par une autre. C'est une entreprise sérieuse.

— Tu as raison. Et il reste peut-être quelqu'un qui s'occupait de l'exposition.

J'ai pris une bouchée du riz teinté de vert pâle par les pickles, que j'avais gardé pour la fin. Ma cousine m'a interrogée du regard avant de plonger la louche dans la marmite. J'ai tendu mon assiette.

Il pleuvait pour de bon. La pluie donnait de nouvelles couleurs à la selle du vélo, aux briques du portail et au sol.

— Je me demande ce que deviennent les œuvres non sélectionnées et où elles sont… s'est-elle interrogée en disposant des pickles sur le côté de l'assiette où elle m'avait resservi de la viande et des aubergines.

Le ton sur lequel elle l'avait dit m'a donné l'impression que la réponse ne l'intéressait pas, qu'elle avait simplement prononcé ce qui venait de lui passer par la tête.

— Eh bien…

J'ai mélangé le riz à l'aubergine et à la viande en cherchant une réponse. Gercées à force d'avoir tenu longtemps le stylo dans la bouche, mes lèvres me picotaient. Ma cousine a éteint le feu, et s'est rassise. J'ai savouré ma deuxième assiette, encore meilleure que la première parce que le plat avait cuit plus longtemps et que le goût des épices était plus fort, et j'ai réfléchi aux œuvres modestes qui n'avaient pas été sélectionnées.

On les a rassemblées dans un espace sinistre, où presque personne ne vient, la cave d'une annexe de la société de gâteaux ou l'entrepôt d'une usine à l'arrêt. Elles ont été mises là car il n'était pas nécessaire de les retourner à leurs créateurs, et il y en a tellement qu'elles s'entassent jusqu'au plafond. Même si cette confiserie est une entreprise sérieuse, il n'y a qu'une seule personne chargée du suivi des anciennes expositions et elle n'arrive pas à faire plus. Parfois, quelqu'un pousse la porte de cet espace par erreur, voit cette pile et pense qu'il s'agit d'objets au rebut. C'est compréhensible, puisque les œuvres ont été créées avec des objets de récupération. La porte se referme immédiatement, et elles sont à nouveau livrées à l'obscurité et au silence profond.

Avec un peu plus d'attention, on se rend compte sur-le-champ qu'il ne s'agit pas d'une montagne de déchets. Même affreusement écrasées, froissées, privées des fragments qui leur ont été arrachés, elles conservent dans leurs détails la trace du bâti, et on peut distinguer les nouvelles formes créées avec la colle et les ciseaux. Animaux, êtres féériques, machines, personnages... Tous s'entraident au-delà de leur espèce. Fortes de leur seul point commun, avoir été présentées pour la même exposition, elles se donnent la main, s'encouragent mutuellement et composent une œuvre géante comme il n'y en a nulle part ailleurs. Même si elles n'ont pas été reconnues et qu'on les a oubliées, elles ne s'en formalisent pas. Couvercle de flan à la vanille, cellophane de nougat, papier de gâteau à la broche, sachets d'agent déshydratant, bouchons de limonade. Des pupilles de toutes tailles, couleur et acuité visuelle, échangent des regards d'une intensité qu'elles sont seules à comprendre.

Debout devant elles se dresse le robot du fils de ma cousine. Il ne se donne pas de grands airs parce qu'il a été sélectionné et a remporté un carton de sucreries. Toutes savent qu'il est capable de faire face à n'importe quel danger et sa présence leur apporte la sérénité. Le bouton-fermoir fixé à sa poitrine étincelle virilement, au point qu'on ressent une envie irrésistible de l'enclencher pour s'assurer de la puissance du rayon lumineux létal.

Le robot de son fils protège la zone qui lui a été attribuée. À l'extérieur de la carte dont ma cousine ne peut pas sortir, il remplit sa mission.

— Je suis rassasiée. Merci pour ce repas, dis-je.

Habituée que j'étais à ceux de l'école maternelle, j'avais mal à l'estomac d'avoir mangé le copieux menu du jour.

La pluie tombait de plus en plus fort. Dehors, il faisait aussi sombre qu'en fin de journée. Malgré le tambourinement des gouttes qui emplissait la pièce, le calme était inchangé. Après avoir fait la vaisselle avec dextérité, ma cousine m'a servi du thé brûlant. Nous avons regardé la pluie sans rien dire jusqu'à ce que mon ventre s'apaise.

L'idée que de l'autre côté de l'ondée, il y avait quelque part un endroit où je n'étais jamais allée, dans lequel était conservée la montagne des simples bricolages, m'apportait une étrange sérénité. Une masse qui préservait partout la preuve que les doux doigts d'innombrables enfants l'avaient touchée. Si j'avais pu la serrer dans mes bras, j'aurais perçu leur chaleur. Quelque part, loin d'ici, elle émettait une odeur sucrée…

J'ai bu une gorgée de thé et poussé un long soupir. Ma cousine caressait son genou sans même s'en rendre compte, peut-être parce qu'elle avait mal à l'endroit de sa fracture d'autrefois.

— Tu savais qu'il allait pleuvoir comme ça aujourd'hui ?

J'ai fait non de la tête.

— Tu n'as qu'à rester ici jusqu'à ce que ça se calme.

— Oui, c'est ce que je vais faire.

— Et si nécessaire, tu peux passer la nuit ici.

— Mais je dormirais où ?

J'ai jeté un regard circulaire sur l'ancienne loge du gardien presque entièrement remplie par le lit et la table.

— En déroulant un sac de couchage sous la table, on peut dormir à deux ici, tu sais, répondit-elle.

Son ton laissait entendre que quelqu'un l'avait déjà fait.

— Non, ça va aller. Si tu me prêtes un poncho, je n'aurai qu'à courir jusque chez moi.

— C'est dangereux, non ?

— Pas du tout ! L'école maternelle est tout près.

J'ai tendu le doigt vers l'extérieur. La couleur de la pluie recouvrait le brun-roux des briques et le vert des arbres. La bicyclette était trempée.

— Bon, d'accord.

Nous avons parlé du *bentō*, et des boîtes en verre, dans cet ordre. Je lui ai posé une question sur les nouveaux menus qu'elle mettait au point, elle a voulu savoir comment allait M. Carie. Après lui avoir expliqué la raison pour laquelle j'avais changé de fournisseur de bougies, je lui ai appris que les rosiers du parc municipal souffraient d'une maladie qui les faisait presque tous faner. Des sujets qui nous étaient familiers, mais nous ne nous ennuyions pas. La carte de ma cousine paraissait petite, mais elle pouvait la suivre dans ses moindres détails.

— Ah ! s'exclama-t-elle en saisissant le livre qui se trouvait au sommet de la pile, comme si elle venait de le remarquer.

— Cet écrivain est mort tout récemment, dis-je.

Ma cousine a laissé échapper un soupir avant de baisser les yeux vers le dos du livre.

Me tenir informée des nécrologies d'écrivains dans le journal était une de mes missions. Je ne voulais surtout pas apporter dans la loge de l'ancien gardien des livres qui enfreignent sa règle de ne lire que des œuvres d'auteurs morts. Cette règle qu'elle avait édifiée prudemment, fruit d'une longue réflexion, était simple et résolue. Personne ne pouvait passer outre.

— J'ai emprunté d'abord le dernier livre qu'il a écrit.

— Oui. Merci.

— S'il t'intéresse, je continuerai à remonter chronologiquement dans son œuvre, un titre à la fois.

Mort d'une insuffisance rénale due à son grand âge, cet auteur avait fait un début remarqué quand il était âgé d'une vingtaine d'années. Ses romans suivants avaient été salués pour leur grandeur d'esprit. Mais une fois qu'il était entré dans l'âge mûr, il avait été rapidement oublié du monde. Il était revenu dans l'île du Nord où il était né pour y vivre le restant de ses jours. J'avais lu qu'il avait continué à écrire avec obstination des romans, sans jamais regagner l'attention du public. Peut-être parce qu'il était presque oublié, sa nécrologie ne faisait que quelques lignes. Elle comprenait un commentaire funèbre sincère d'un de ses traducteurs.

> Lorsqu'on aborde son œuvre, on traite toujours de la gloire et du vide. Parfois, il arrive même que l'on parle plus du quasi-oubli dans lequel il était tombé que de son œuvre elle-même. Mais il n'y a pas d'opposition entre les deux. Chaque ligne de ses romans possédait une vigueur qui lui permettait de résister à ce vide écrasant, et qui a mûri dans ce contexte. Sa posture d'écriture fait penser

> à l'attitude du paysan qui cultive en silence la terre d'une île qui ne saurait être qualifiée de fertile. À revers de l'engouement du monde, ses romans sont comme des semences placées discrètement dans la terre profonde. Les gens pressés et superficiels ne récolteront pas leurs fruits. Celui qui peut obtenir la chaleur de la vérité dissimulée dans le tréfonds du monde est un homme persévérant. Je n'ai pas envie de croire que cet écrivain ne va pas continuer à graver de nouveaux mots dans notre monde…

Mais pour ma cousine et moi, la mort d'un écrivain ne signifiait pas un manque pour le monde, mais un élargissement. Derrière la tristesse de sa mort, il y avait notre joie de lectrices qui avaient de nouveaux livres à lire.

— Dis… a commencé ma cousine, tu ne trouves pas qu'il meurt plus d'écrivains qu'il n'en naît ?

Ne sachant quoi répondre, je détournai les yeux sans ouvrir la bouche.

— Autrement dit, nous n'avons pas à craindre de ne plus avoir de livres à lire.

J'ai souri car son visage exprimait une gaieté rare chez elle.

— Parce que les morts ne cessent d'augmenter, sans arrêt, partout, a-t-elle continué.

Elle refit la pile de livres sur la table, d'une main qui montrait son respect pour ces objets chargés d'un tel poids.

— Le prochain concert de soi à soi… murmura-t-elle. Je me demande si je ne vais pas y aller.

J'ai acquiescé de la tête, sans dire tout haut que je trouvais que c'était une bonne idée.

Monsieur,

Je vous prie de me pardonner l'impertinence dont je fais preuve en vous adressant soudain une lettre, alors que je ne suis qu'un inconnu pour vous. Je ne me risquerai pas à dire quoi que ce soit du chagrin terrible que vous devez éprouver, mais c'est en tant que responsable du cabinet d'écriture pour la sérénité, et parce que le hasard a voulu que j'assiste aux derniers instants de cette personne que je prends la plume, conscient de mon impolitesse, en ce moment où nous devons prier pour le repos de son âme, car je tiens absolument à vous faire part de mon émotion.

Bien sûr, il ne fait aucun doute que l'hôpital vous a appris officiellement la triste nouvelle, mais une lettre protocolaire écrite à la machine sur du papier de bureau ne saurait mettre fin aux échanges épistolaires que vous aviez avec elle. Ce que cette lettre ne peut contenir est bien plus important que ce qu'elle dit.

Mais mon intention n'est en aucun cas de brandir ma conscience professionnelle de responsable de ce cabinet et de prétendre que le moins que je pouvais faire était vous décrire l'apparence qu'elle avait, que je suis le seul à connaître. Mon souhait est plus simple. Maintenant que sa chambre a été vidée, que son nom ne figure plus sur la porte et que la seule chose qui conserve la mémoire d'elle est le bureau du cabinet d'écriture pour la sérénité, je me suis dit que vous êtes la seule personne avec qui je puisse partager le vide qu'elle laisse.

Les patients qui viennent écrire des lettres dans ce cabinet ne sont pas rares. Conçu à l'origine pour recopier des articles et des rapports confiés par l'extérieur, cet espace était traité comme un endroit où s'occuper de tâches annexes de l'hôpital, mais comme les patients qui souhaitaient y écrire des lettres privées, une activité bénéfique sur le plan thérapeutique, ne cessaient d'y affluer, à partir d'un certain moment, elle est quasiment devenue une pièce consacrée à cela.

Toutes sortes de patients écrivent des lettres. À des destinataires tout aussi divers. À un personnage de conte, à une tortue élevée pendant l'enfance, à l'ami qui habite sous le plafond, à une héroïne de film, à soi-même avant la naissance.

Mais aucun patient ne m'a fait une aussi forte impression qu'elle. Quasiment tous les jours où il faisait beau, elle venait au cabinet d'écriture pour la sérénité. Elle arrivait le plus souvent la première, après le petit-déjeuner et la séance de gymnastique, et y restait jusqu'au coucher du soleil. Comme elle n'aimait pas la lumière artificielle et ne comptait que sur celle du jour, elle s'asseyait dans l'angle sud-est, à côté de la fenêtre. Les autres patients le savaient et personne d'autre qu'elle ne s'y installait. Elle l'avait discrètement arrangé à son goût, le décorant parfois d'un bouquet de fleurs du jardin, ou y mettant son propre sous-main. Ce coin de la pièce était vraiment devenu son bureau. Ou peut-être puis-je aller jusqu'à dire que c'était l'endroit où elle se sentait chez elle, son logis.

Que ce qu'elle écrivait n'étaient pas des lettres au sens habituel du terme, moi aussi je le sais. J'irais plus loin, il n'y avait même pas de caractères.

Bien sûr, je ne l'épiais pas, mais je m'en suis aperçu du fait de ma position de responsable du cabinet, et il m'a fallu du temps pour me rendre compte de l'état de ses lettres. De son dos, quand elle était tournée vers la table, émanait une force qui refusait tout qualificatif ou question. À part l'observer attentivement, je ne pouvais absolument rien faire.

Et la seule chose que je comprenais, c'est que la personne qui les recevait était heureuse. Assis sur ma chaise de responsable de la pièce, j'imaginais toujours en la regardant le destinataire de ces lettres, celui qui ouvrait les enveloppes et dépliait les feuillets. J'étais même quelque part envieux de cette personne que je ne rencontrerais sans doute jamais. Et il m'arrivait aussi de me répéter que la personne qui recevait ces lettres ne pouvait pas la voir écrire, privilège que j'étais seul à avoir.

Lorsque le stylo qu'elle prenait en main traçait le premier point, sa pointe ne quittait plus le papier. Retourner la feuille, rajouter de l'encre, tousser, avoir une poussière dans l'œil, tout cela pouvait lui arriver, mais en moins de temps qu'il ne faut pour cligner une ou deux fois des yeux, elle réussissait à tout surmonter. Pour celui qui l'observait, c'était comme si rien ne s'était passé.

Le stylo poursuivait son mouvement. Au point que je craignais qu'elle ne respire même pas. Quand je pense qu'elle a rendu son dernier souffle dans le cabinet d'écriture pour la sérénité, peut-être était-elle morte pendant qu'elle écrivait les lettres. Si cette formulation prête au malentendu, je vous prie de me le pardonner. Mais je pense que vous, vous me comprendrez.

On aurait vraiment dit qu'elle dormait. Ce jour-là, le cabinet était plein, et elle était dans le coin sud-est, à moitié cachée par les autres patients. Voilà pourquoi il m'a fallu du temps pour me rendre compte du changement, qui a été si paisible. Sa silhouette de dos était exactement la même que lorsqu'elle écrivait.

Même après qu'elle avait cessé de respirer, la pointe de son stylo est restée fixée à la feuille, ou plus exactement, aux ténèbres du papier à lettres. Ce papier à lettres que vous devez bien connaître, qui a l'apparence d'un lac noir transparent et sans fond, tant son noir est pur. Comme si, pour avoir continué à écrire pendant des années, elle était devenue une goutte du lac plus petite que les caractères et qu'elle avait été engloutie tout doucement, de la pointe du stylo au fond du lac. Il lui suffisait de bien tenir le stylo pour qu'elle soit transportée avec fluidité vers le lieu auquel il la reliait. Au bout de ses doigts qui le tenaient encore fermement même après l'arrêt de son cœur. J'ai senti cette volonté. Le fil noir qui écrivait sans fin depuis son stylo, où continuait-il ? Jusqu'à vous, bien sûr. Mais moi qui ai vu la dernière lettre, je me suis dit qu'il allait peut-être plus loin encore que vous… jusqu'au fils qu'elle avait perdu.

Si elle a continué à écrire des lettres, peut-être était-ce pour retrouver son fils. Si c'est le cas, son souhait est certainement exaucé.

Je vous présente mes excuses pour toutes ces idées indécentes. J'espère que vous pourrez me pardonner.

Si jamais vous en aviez l'occasion, venez donc au cabinet d'écriture pour la sérénité. Le soliflore et son sous-main sont toujours sur la table du coin sud-est. L'encre de Chine qui a débordé du papier imprègne toujours la surface de la table.

Nous sommes à un changement de saison. Prenez bien soin de vous.

De toutes les lettres que M. Baryton m'a apportées, c'était la seule lisible immédiatement, sans que je la remette en ordre. Mais conformément à nos habitudes, je l'ai rangée dans la corbeille des "à déchiffrer" avant de la lui lire à voix haute dans la cour de l'école.

M. Baryton ne m'a pas dit si, conformément à la demande du responsable, il était allé voir la table de sa bien-aimée, et je ne me suis pas risquée à le lui demander parce que j'aime son silence. Même après avoir reçu cette lettre, il est revenu m'en apporter d'autres. Il essuyait soigneusement ses pieds sur le paillasson, et me les tendait avec une expression qui disait qu'il était désolé de m'importuner. Comme s'il voulait me signifier qu'une enveloppe fermée était un ticket indispensable pour entrer dans l'ancienne école maternelle.

Lettre écrite à l'encre de Chine, déchiffrage, mise au propre, lecture à voix haute. L'ordre à suivre entre nous deux n'a pas changé. Le lac où sa bien-aimée avait coulé était sans fond. Le stylo dans la bouche, la tête rentrée dans les épaules, courbée en avant, mon corps avait rétréci comme celui de la mante religieuse enfermée dans la boîte-cadeau et je pouvais à volonté flotter profondément à l'infini, comme je le souhaitais. Je vais chercher les mots d'amour dans ce lac d'encre de Chine, les transcris au propre le stylo dans la bouche, et les lui lis en faisant le tour de la cour de l'école maternelle désertée par les enfants. Parfois, nous nous arrêtons, contemplons les équipements de jeu, levons les yeux vers la lune. M. Baryton et moi nous aimons toujours de la même façon.

CHAPITRE X

La saison où souffle le vent d'ouest que tout le monde attendait est enfin arrivée. Chacun était captivé par la perspective du prochain concert de soi à soi. Bien sûr, personne ne le criait tout fort ni n'en perdait ses repères. C'était plus discret, plus correct. Par exemple si on croisait une connaissance dehors, on se saluait des yeux et on hochait la tête en tournant le regard vers la place sur la colline. Ou encore on levait la tête vers le ciel et on s'assurait de la direction du vent en suivant des yeux le vol des oiseaux migrateurs. On attendait de cette manière.

Avec le changement de saison, le nombre de visiteurs dans l'auditorium a insensiblement augmenté. Les raisons qui les amenaient étaient diverses : habiller la poupée plus chaudement, apporter des cahiers d'exercices de calcul d'un niveau supérieur, mettre dans la boîte un jouet qui venait de sortir. Mais quels que soient les changements de leur contenu, le calme des boîtes en verre restait le même. Alignées poliment sur les étagères, elles continuaient à protéger les objets qui leur avaient été confiés.

L'ancienne coiffeuse était sans aucun doute la plus occupée. Elle restait dans l'auditorium après avoir fini de recoiffer les cheveux des poupées, et réglait les cordes des lyres. Tout le monde préparait son instrument pour le concert et c'était naturellement à elle que l'on demandait de s'occuper des cordes. Si elle s'en chargeait, on était sûr que tout irait bien. Elle changeait précautionneusement celles qui s'étaient brisées. Il n'y avait qu'elle pour savoir choisir avec précision, parmi le peu qui subsistait, les quelques cheveux capables de répondre au vent avec la bonne vibration. Dans la paume de sa main, les lyres paraissaient encore plus petites qu'accrochées à l'oreille et semblaient n'avoir le poids que d'une dent de lait tombée. Puisque c'était la fraise qui se trouvait dans le cabinet de l'ancien dentiste qui les avait creusées, j'avais l'impression qu'il était normal que lyres et dents de lait pèsent le même poids. Les cheveux des enfants morts coupés sur leur cadavre ou ramassés sur leur brosse ou leur oreiller étaient presque transparents à la lueur de la bougie, et seuls les doigts de l'ancienne coiffeuse qui travaillaient dans la finesse attestaient de leur présence réelle.

Qu'arrivera-t-il quand ils auront tous été utilisés ? S'il ne reste plus un seul de ces cheveux qui en devenant cordes font revivre la voix des enfants morts… Chaque fois que ce doute montait en moi, je faisais semblant de ne pas le voir. J'essayais de me persuader que me faire du souci sur leur disparition était inutile : puisque les cordes qui venaient d'être changées étaient à moitié invisibles à l'œil nu, elles avaient peut-être déjà disparu.

Le jour du concert, le temps était idéal. Tout le monde s'en réjouissait et disait qu'il n'y avait jamais eu de nuit où soufflait un vent aussi approprié au concert de soi à soi. L'air était agréablement frais, il y avait juste assez d'étoiles dans le ciel pour qu'il ne fît pas trop sombre et pour que leur éclat ne fût pas non plus trop vif, la girouette montrait que le vent était plein ouest. Les gens se sont dirigés vers la colline en attendant ardemment que la lune monte dans le ciel. Celle qui apparut était une nouvelle lune, aux contours nets.

Grâce à M. Baryton qui l'avait portée sur son dos jusqu'à la place sur la colline, ma cousine n'avait pas eu à se faire de souci pour sa mauvaise jambe. Pour la première fois depuis longtemps, elle avait sorti les deux parties de son instrument qu'elle gardait au fond du tiroir de sa table de nuit. Je crois qu'elle avait eu peur qu'il se soit endommagé, mais les clochettes en os du pied avaient gardé presque la même apparence. Il avait simplement fallu resserrer un tout petit peu les vis de fixation à l'oreille. La couleur pure tirant sur le bleu, la rondeur de l'articulation, le motif que faisaient les trous minuscules sur la surface étaient les mêmes.

Nous avons gravi tous les trois le chemin.

Chaque cinquantième traverse environ, ma cousine remerciait M. Baryton de la porter.

— Ce n'est pas trop lourd ? demandait-elle.

Il secouait la tête de côté avec une expression qui disait : "Pas du tout." J'aurais aimé que ma cousine entende sa voix merveilleuse, ne serait-ce que pour un : "Non", mais il avait pour principe de ne pas chanter le jour du concert, et sa bouche restait fermée. La manière dont il offrait son dos et ses deux bras pour retenir ma cousine faisait cependant sentir qu'il était ravi de rendre ce service.

— Si vous vous lassez de me porter, dites-le-moi. Je descendrai immédiatement, ajoutait ma cousine comme si elle le pressentait.

Alors que je n'avais jamais perçu M. Baryton comme grand quand je lui faisais la lecture ou qu'il charriait les boîtes en verre, son dos qui portait ma cousine paraissait vaste et confortable. Même lorsqu'elle collait sa poitrine contre lui, cela ne le gênait pas du tout. Je le regardais, tantôt de côté, tantôt de derrière. J'avais l'impression de découvrir son dos.

Des gens qui se dirigeaient vers le lieu du concert nous dépassaient. Impossible de savoir s'il s'agissait de musiciens ou de spectateurs. Tous avaient le pas léger. L'herbe était chargée de l'humidité qui montait de la rivière, et les traverses produisaient un bruit souple sous nos semelles.

Dès l'instant où elle avait quitté l'ancienne loge du gardien, ma cousine avait attaché aux lobes de ses oreilles les clochettes en os du pied, pour leur permettre de s'acclimater, avait-elle dit. Elle n'avait pas de souci à se faire à ce sujet, les clochettes la connaissaient bien. De la même manière qu'un nourrisson se sent parfaitement à l'aise dans les bras de sa mère, même s'il les retrouve après un long intervalle, oreille et instrument donnaient l'impression de ne pas s'être oubliés. Les os des orteils s'étaient autrefois développés dans son ventre, et le souvenir qu'ils avaient fait partie de son corps s'était à coup sûr propagé aux lobes de ses oreilles.

Ma cousine sur le dos de M. Baryton, les deux bras autour de son cou. Moi qui marchais à côté d'eux. Nos oreilles étaient tout près de l'instrument. On aurait pu dire que le concert de soi à soi avait déjà commencé pour nous trois. L'instrument frémissait moins dans le vent d'ouest que dans les vibrations mais cela n'avait rien d'anormal. Comme si les os des orteils tressaillaient d'impatience, et que nos oreilles veillaient sur eux. Quatre os à gauche et à droite pendaient. Au moment de la crémation de l'enfant, ma cousine avait pleuré en disait que les os du petit orteil avaient été réduits en poudre et qu'elle n'avait pas ceux des dix doigts. La mort de son fils et son incapacité à avoir les dix se mêlaient dans sa voix. Je lui avais dit que même pour se promener dans la boîte en verre, il fallait des pieds. Et qu'il fallait donc lui en laisser un peu.

Les os se balançaient au rythme des pas de M. Baryton sur les traverses, s'entrechoquaient, vibraient. Celui du gros orteil contre celui du secundus, du tertius mais et du quartus, ou tous les trois, sauf le tertius, ou tous les quatre. Toutes les combinaisons étaient possibles. Parfois, ils ne faisaient que se frôler, mais d'autres fois ils se heurtaient si fort que l'on craignait presque qu'ils ne se brisent, mais lorsque M. Baryton s'immobilisait, ils s'assagissaient immédiatement. Les os étaient aussi graciles que le fils de ma cousine l'avait été. Fragiles comme s'ils ne pesaient rien, mais renfermant l'endurance qui leur avait permis de garder leur forme malgré le temps, ils s'entraidaient bien qu'ils ne fussent pas au complet.

M. Baryton et moi ignorions le timbre de l'instrument. Même lorsque nos trois corps se rapprochaient, ma cousine était la seule à le percevoir. Seul le musicien pouvait entendre son instrument. C'était la règle la plus importante des concerts de soi à soi. Mais pour moi, cela ne changeait rien. Si je fixais le lobe de l'oreille de ma cousine, je l'entendais naturellement, venu de quelque part en moi. Un peu comme je pouvais à tout moment extraire la voix de M. Baryton enfermée précieusement dans une petite pièce au fond de mes tympans.

— Ce n'est pas lourd ? s'est enquise encore une fois ma cousine.

Quand elle parlait, l'instrument entraîné par le mouvement de sa mâchoire se balançait un tout petit peu plus. M. Baryton ne donnait aucun signe de fatigue. La pénombre était plus profonde, et bientôt il devint impossible de distinguer l'obscurité du ciel du cours de la rivière. Le murmure des arbres dans le vent d'ouest faisait comprendre que nous nous en rapprochions petit à petit.

Les pieds dépourvus de petits orteils jouaient probablement un bruit de pas encore plus gentil, afin de protéger le vide. Bien qu'ils fussent tout près de leur mère, ils couraient courageusement pour s'en rapprocher. Petits au point qu'il était permis de se demander s'ils pesaient quelque chose, ils laissaient cependant une empreinte à chaque pas, imprimant dans le tympan de la mère un motif continu. Elle tendait l'oreille, et le transcrivait. Avec toute la gentillesse que le bout des orteils pouvait avoir, pour ne pas laisser disparaître leur trace.

Quand nous avons atteint le sommet de la colline, il y avait déjà beaucoup de monde. Une fois au bout de l'ascension, le ciel nocturne se déployait et la nouvelle lune paraissait toute proche. Comme dans tous les concerts de soi à soi, la sérénade commençait sans sonnerie pour l'annoncer et sans chef pour la diriger.

— Je vous remercie.

Ma cousine descendit du dos de M. Baryton et porta ses mains à ses oreilles pour s'assurer que ses instruments y étaient.

— Nous allons rester ici, dis-je. Ça va, tes jambes ?

Elle a fait oui de la tête et s'est mise à marcher. D'abord un peu raides, ses pas se firent plus hardis, et elle avança vers le centre de la place, à la recherche d'un bon emplacement pour profiter du vent. Bientôt sa silhouette s'éloigna dans l'obscurité et se fondit dans la foule des musiciens.

De la forêt d'où l'on voyait bien la place, M. Baryton et moi observions le concert. Des racines qui saillaient et des amas de feuilles mortes rendaient le sol inégal, et chacun de nos pas produisait du bruit. Nous nous tenions par le bras, collés l'un à l'autre en essayant de ne former qu'un seul bloc.

Le vent d'ouest continuait à souffler sur les pentes de la colline, au fond de la forêt, et haut dans le ciel, même si par instants il disparaissait. Chaque fois que je levais les yeux, le dessin des nuages qui flottaient dans le ciel était différent. Si je me retournais en croyant qu'une branche avait craqué ou qu'un oiseau s'était envolé, c'était toujours l'œuvre du vent.

Les musiciens jouaient de leurs instruments chacun à leur façon. Certains choisissaient la forme convenable en avançant face au vent : d'autres, dissimulés en contrebas du belvédère pour l'éviter, pariaient sur des bouffées qui ne venaient que rarement. Ils reculaient, s'accroupissaient, sautillaient, se recroquevillaient sur eux-mêmes, dansaient, s'endormaient… Leurs façons de faire étaient innombrables. De temps à autre quelqu'un que je connaissais de l'auditorium passait devant nous. J'ai cru un instant voir l'ancienne coiffeuse. Bien sûr, je ne lui ai pas adressé la parole. Je n'avais même pas envie de croiser son regard. Peut-être parce que les concertistes concentraient leur attention sur ce qu'ils entendaient, ils respiraient encore plus doucement que lorsqu'ils s'occupaient des boîtes en verre. J'avais l'impression qu'ils avaient cessé de le faire. Comme s'ils estimaient que s'ils pouvaient percevoir le timbre de leurs instruments, ce n'était plus nécessaire. La lumière faible, mais plus encore les vêtements sombres dont ils étaient vêtus, rendait indistincte la frontière entre le visible et l'invisible. Peut-être avaient-ils laissé leur corps quelque part, loin.

J'ai cherché ma cousine. Je me disais qu'elle se trouvait sur la pelouse plate au centre de la place, mais tout était nébuleux dans l'enchevêtrement des ombres. J'ai levé les yeux vers M. Baryton, serré plus fort son bras. Je ne lui ai pas souri, je ne lui ai rien dit, je me suis contentée de regarder son profil et de m'assurer que son corps n'avait pas été englouti par l'obscurité.

Nombreux étaient les instruments qui se balançaient. Même si on ne distinguait plus les contours des gens, l'oscillation au bout de leurs oreilles était manifeste, et continuait à leur faire entendre son timbre, à eux seuls. Les fragiles clairons en cellophane étaient là. Les fragments de corps dans de petites fioles aussi. Et les lyres sculptées par M. Carie, munies de cordes par l'ancienne coiffeuse.

Peut-être parce que le vent qui mollissait d'ordinaire à l'approche de l'aube ne semblait pas prêt à le faire, personne ne prenait le chemin du retour. Au contraire, il paraissait même vouloir se renforcer. Il remontait les pentes, enveloppait la forêt, et tourbillonnait juste au-dessus de la colline. Le pantalon de M. Baryton claquait dans son souffle qui soulevait les feuilles mortes et emmêlait mes cheveux. Les concertistes n'avaient plus besoin de marcher sur la pente ou de la gravir pour faire résonner leur instrument. Rester immobile suffisait amplement à bénéficier du vent. M. Baryton a tendu la main pour remettre de l'ordre dans mes cheveux décoiffés.

Bientôt tous les nuages furent emportés ; seules les étoiles et la lune brillaient d'un éclat inchangé. Tous les musiciens s'abandonnaient au vent infatigable. Eux qui s'étaient disséminés ici et là se sont rassemblés au centre de la place, comme attirés par le point le plus haut. Le visage tourné vers l'ouest, ils fermaient tous les yeux.

J'avais peur que les grincements des arbres ne les gênent mais ils paraissaient comblés. Comme s'ils trouvaient merveilleux que leurs instruments sonnent avec une telle force. Les coquillages virevoltaient, les fragments humains tourbillonnaient dans les fioles en verre, les cordes des lyres n'avaient pas un instant de répit.

Comment se comportaient ses clochettes ? J'ai froncé les sourcils. Mais l'ombre immense que faisaient tous les concertistes rassemblés m'empêchait de la voir. Les instruments résonnaient sans aucun doute encore plus fort au sein de cette ombre. La preuve en est qu'elle est encore plus dense que l'obscurité et monte aussi distinctement que l'entrée d'une grotte. Les os de pieds précèdent tous les autres avec une adorable innocence, avancent sans hésiter vers la grotte. Le bruit des pas légers sur les quatre orteils rebondit. Les os se heurtent, se frottent les uns aux autres avec un tel élan que leur surface se rabote légèrement et laisse une traînée blanche sur les lobes des oreilles. La preuve que la plante des pieds du fils de ma cousine les a vraiment foulés.

Les spectateurs de la forêt ne bougeaient pas. Ils sentaient que plus le vent soufflait fort, plus la distance qui les séparait des musiciens s'agrandissait.

Malgré les efforts de M. Baryton pour les recoiffer, mes cheveux ne reprenaient pas leur pli.

Chaque fois que le vent tourbillonnait au-dessus de nous, il s'intensifiait, se heurtait à la colline après s'être libéré de son tournoiement, et soufflait entre les musiciens. Eux s'arc-boutaient sur leurs pieds afin que leur ombre ne se fragmente pas. Quand arriverait l'aube ? J'ai scruté le ciel au-dessus de la ville à la recherche de la lumière du matin. Il m'a semblé que la couleur de la rivière était légèrement plus claire, mais peut-être était-ce mon imagination.

Au même moment, sans aucun signe avant-coureur, le vent s'est arrêté. Contrairement à l'accoutumée, il n'avait pas graduellement perdu de la vigueur avec l'arrivée de l'aube. Pris de court, les gens se sont dévisagés, ne sachant comment réagir. Les feuilles mortes soulevées par le vent se sont entassées sur le sol, les branches courbées se sont redressées, les cimes ont retrouvé le calme. Sans doute inquiets du silence inopiné de leur instrument, plusieurs musiciens ont porté la main à l'oreille. Les instruments, oubliant leur excitation toute récente, y pendaient mollement.

Incapables de savoir combien de temps nous devrions attendre, nous n'avons pas bougé. M. Baryton a été le premier à deviner ce qui se passait. À l'instant où il s'est tourné vers moi, où nos regards se sont croisés, où il a essayé de me le faire comprendre, a soufflé une trombe qui a tout brisé en même temps qu'un grondement montait de la terre. Une trombe comme personne n'en avait jamais vécu, ni pendant un concert de soi à soi, ni un autre jour. Elle a pris tout ce qui se trouvait par terre, cailloux, brindilles, poussière, en formant une spirale fuselée qui se reflétait même dans l'obscurité, et s'est ruée tout droit sur les concertistes. Quelqu'un a hurlé, mais le tourbillon a tout englouti.

L'ombre des musiciens qui avait préservé cette extraordinaire densité s'est désagrégée sur-le-champ. Des musiciens ont culbuté, d'autres se sont effondrés à genoux, ou même à quatre pattes comme pour pousser un rugissement. Peut-être incapables de résister au vent, ou pour protéger leur corps, certains ont roulé sur la pente, suivis par les chaussures qui avaient quitté leurs pieds. Sur toutes les têtes, les cheveux se sont dressés, les lunettes se sont envolées, les jupes se sont soulevées jusqu'aux hanches. Même à un tel moment, ils se tenaient les oreilles des deux mains pour protéger leurs instruments. Le vent n'a eu aucun mal à les emporter. Ils ne lui ont opposé aucune résistance, dociles comme s'ils savaient qu'ils étaient d'accord pour lui confier leur sort.

Je vois un, puis deux instruments emportés par le vent. Une fois qu'ils ont quitté l'oreille, et qu'ils sont absorbés par la pointe de la forme fuselée en tournicotant sur eux-mêmes, ils disparaissent dans les ténèbres. J'entends un autre cri. Les instruments continuent-ils à résonner courageusement même dans ces conditions ? Ou bien sont-ils silencieux parce qu'ils comprennent que ce n'est plus nécessaire, puisqu'ils sont séparés de l'oreille qui devait les entendre ?

La trombe s'en va, les cris cessent. Je cherche partout des yeux mais ne vois que des gens qui roulent sur l'herbe dans laquelle elle les a projetés, et les chaussures qu'elle leur a arrachées. Il ne reste plus que le calme.

Je me tourne vers M. Baryton.

— Il ne va pas revenir ? Le vent ne va pas revenir ?
Il fait non de la tête sans rien dire.

Il avait raison. Rien ne donnait à penser que la trombe reviendrait. À sa place, l'aube a fait savoir qu'elle allait s'étendre sur la colline. Perplexes, les spectateurs levaient la tête vers le ciel qui blanchissait comme si rien n'était arrivé. De l'autre côté de la rivière méandreuse, le soleil matinal parvenait déjà jusqu'à l'endroit le plus éloigné de la ville.

Dans la brume blanche qui avait succédé à l'obscurité, les musiciens cherchaient leurs instruments à plat ventre sur le sol. Le visage collé à la terre, ils écartaient la base des herbes couchées, ôtaient les cailloux, creusaient la terre. Sans se soucier du sang qui coulait de leurs écorchures aux mains ou aux genoux. Mais ils prêtaient simultanément la plus grande attention à ne pas écraser par erreur l'instrument d'un autre musicien. Lorsque quelqu'un trouvait quelque chose qui y ressemblait, il le soulevait, l'examinait à la lumière, mais la plupart du temps, ce n'était qu'un fruit ou un insecte mort. Celui qui l'avait compris poussait un soupir et le rejetait d'une main lasse.

M. Baryton et moi avons quitté la forêt et nous sommes approchés de ma cousine. Ni ses cheveux ni ses vêtements n'étaient en désordre. Elle avait ses chaussures aux pieds, comme quand elle était descendue du dos de M. Baryton. Seuls les genoux de son pantalon étaient trempés, et déchirés.

— Dis…

Elle n'a pas levé la tête vers moi quand je lui ai adressé la parole mais a fait non de la tête, sans vigueur.

— Les pieds de mon fils… Ses pieds…

J'ai tout de suite compris qu'elle avait perdu les deux éléments de l'instrument accrochés à ses oreilles. Mais je n'ai su que faire, ni que lui dire.

Elle continuait à les chercher. Les lobes dénudés de ses oreilles paraissaient sans défense. Je n'avais pas besoin de les toucher pour savoir qu'ils étaient froids. Ce n'est qu'après leur disparition que j'ai réalisé à quel point étaient peu sûrs les instruments qui avaient choisi de faire leur logis de la partie la plus faible du corps. Les instruments étaient trop petits, la colline immense. Les yeux fermés, j'ai visualisé sur mes paupières les os des orteils. Un ensemble formé des quatre, sagement alignés selon leur taille décroissante. Dans la brume qui devenait graduellement plus claire, leur blancheur bleutée paraissait transparente et belle.

— Le vent était trop fort, il les a emportés. Je pense qu'ils doivent être par ici… murmura-t-elle en se collant au sol. Ils se sont envolés avec les lobes. Mes lobes se sont arrachés…

M. Baryton se tenait debout à ses côtés, comme pour la protéger pendant qu'elle rampait dans l'herbe, et je me suis courbée vers elle pour rapprocher mon visage du sien.

— Ses os ne voulaient pas quitter mes oreilles ! C'est pour ça que mes lobes se sont arrachés. Je l'ai clairement vu au moment où ils ont été emportés. Un bout de chair collait aux ferrures auxquelles étaient fixés les os. Ces os à lui, et un bout des lobes de mes oreilles.

Juste derrière ma cousine se tenait l'homme qui vient à l'auditorium une fois par mois, toujours le même jour. Et à côté de lui, une femme qui avait demandé à l'ancienne coiffeuse de coiffer les cheveux de sa poupée. Partout sur la colline des musiciens cherchaient leurs instruments. Ils marchaient dans la direction par laquelle le vent avait disparu. Personne ne s'écriait d'un ton soulagé qu'il avait trouvé ce qu'il cherchait.

— J'ai vu une goutte de sang s'allonger comme un fil du bord arraché. C'est arrivé si vite, la déchirure n'était pas nette, mais elle n'était pas affreuse. Non, ce bout déchiré qui flottait dans le vent en laissant un fil rouge dans le noir, c'était joli.

Une fois la porte du matin ouverte, la nuit s'éclaircissait à vue d'œil. Quelque part dans la forêt, gazouillaient des oiseaux qui venaient de s'éveiller.

— Ne t'en fais pas, ajouta ma cousine en relevant enfin la tête.

Elle interrompit sa tâche pour toucher le lobe de ses oreilles.

— Ça ne me fait pas du tout mal.

J'ai hoché la tête. Ils étaient intacts, nullement dentelés, ils n'avaient pas changé. Un peu de terre y collait, c'est tout.

Depuis ce jour-là, il y a toujours quelqu'un qui cherche les instruments sur la colline. Au début, il y a eu des gens pour suggérer d'en fabriquer de nouveaux, mais personne n'a été capable de trahir l'instrument avec lequel il avait été en relation pendant des années, et finalement chacun retourne sur la colline. Les auteurs de ces suggestions inappropriées ont bientôt cessé d'en faire.

Les silhouettes de gens à quatre pattes sur la colline font à présent partie du paysage. Personne ne leur adresse la parole ni ne les observe. De loin, chacun se contente de suivre des yeux ces gens dont le lobe est désolé.

M. Baryton y emmène ma cousine en la portant sur son dos. Quand elle le lui demande, il accepte toujours avec gentillesse. Même depuis que sa jambe est complètement remise et qu'elle peut gravir seule le chemin qui mène à la colline, elle n'arrive pas à se défaire de cette habitude, et nous y allons tous les trois ensemble dans une entente tacite. Les après-midi où elle a rapidement vendu toutes les boîtes-repas, les fins de journées dominicales où ses yeux sont fatigués d'avoir trop lu, nous gravissons la colline tous les trois. Pendant que ma cousine poursuit ses recherches, M. Baryton et moi nous asseyons sur un banc de la place, et nous bavardons en la regardant de loin. Ou plus exactement, je bavarde, M. Baryton se contente de m'écouter, ponctuant parfois mes déclarations d'un mot qu'il chante, "Oui" ou "Ah bon", et chaque fois que je l'entends, j'en suis ravie.

— Je ne devrais pas avoir de mal à les retrouver, parce que le bout de lobe arraché doit être visible, dit ma cousine.

Je réponds que c'est parce qu'ils ne voulaient pas quitter leur maman, mais elle est trop loin et ne m'entend pas. Elle se lance dans ses recherches sans rien dire. Pour trouver les fragments de chair coincés dans les ferrures et les os d'une blancheur bleutée. Même emportés par la pluie et le vent, même enterrés dans la prairie, les instruments ne perdent pas leur fraîcheur. Il suffirait qu'elle les retrouve et les accroche à son oreille pour qu'ils fassent à nouveau entendre leur timbre dans un concert de soi à soi. Le lobe de l'oreille est doux, chaud, et il a un creux à l'endroit idéal pour accueillir une ferrure.

Il ressemble à un volant aux bords irréguliers teintés de rouge. Les os des orteils dessinent un enclos qui protège la mère du bruit de leur pas.

Les gens sur la colline continuent à chercher leur instrument. Mais je n'ai encore jamais entendu parler de quelqu'un qui l'avait retrouvé.

CHAPITRE XI

Aujourd'hui est le jour le plus joyeux à l'ancienne école maternelle. Dans l'auditorium va être célébré le mariage du fils de ma cousine.

Cela fait des semaines que je le prépare, en consultation avec elle. M. Baryton nous a été d'une aide précieuse. Envoyer les invitations. Décorer l'auditorium. Disposer tables et chaises sur la scène. Accorder l'harmonium. Cueillir des fleurs. Plier les serviettes. Réfléchir au menu… Il y avait tant à faire. Chaque fois que j'entamais une nouvelle tâche, ma hâte de voir le grand jour arriver augmentait. Un mariage, c'est toujours comme ça.

Mais le préparatif le plus important de tous a été de dessiner l'image des mariés, vêtus d'un smoking pour lui, et d'une robe blanche pour elle, afin de la placer dans la boîte en verre. J'ai pris l'habitude d'utiliser un morceau de contreplaqué du décor du *Navet géant*. La technique que j'ai acquise en le peignant m'a permis de savoir comment utiliser au mieux la peinture et le pinceau.

La taille adéquate pour la boîte-vitrine n'étant que celle d'une carte à jouer, il faut que les mariés soient collés l'un à l'autre. S'ils s'écartent un tout petit peu l'un de l'autre, ils déborderont de la carte.

La robe est d'un design élégant, sa délicatesse se voit même sans décorations apparentes, et la mariée tient un bouquet de roses blanches liées par un ruban bleu ciel. Son diadème de princesse, celui dont rêvent toutes les petites filles, retient un long voile. En dentelle très fine, il cache son visage qu'on ne voit pas directement, même si on devine qu'elle sourit, grâce à la lumière qui filtre à travers ses délicats motifs.

Personne ne sait comment elle s'appelle. Et personne n'aurait l'idée de s'en enquérir. Pour le monde contenu dans les boîtes-vitrines, on se satisfait d'imaginer les résonances des noms, en se demandant s'ils ressemblent au timbre des instruments joués pendant le concert de soi à soi.

Je pose la carte sur la paume de ma main gauche, trace une ébauche au crayon, et la colorie ensuite avec mon pinceau le plus fin. Je ne dispose que de peu de couleurs, mais elles colorient gaiement mes doigts de blanc, de noir et de bleu. Tous les gens qui ont marié leurs enfants dans l'auditorium m'ont fait des compliments sur mes dessins. Ils serraient longtemps dans leurs mains la carte en disant que le jeune couple avait vraiment l'air heureux, qu'il n'y avait aucun doute qu'ils s'aimaient, au point qu'ils n'arrivaient à la poser dans les boîtes que lorsque je les y encourageais.

À côté de la mariée, je dessine le fils de ma cousine. Lui qui était un enfant espiègle, en pleine forme, qui jouait bien au base-ball. Qui était le plus rapide de sa classe pour les exercices de calcul. Qui nageait au-delà des vagues même sans personne pour le regarder faire. Qui recevait des livres de sa mère à chaque anniversaire… J'accroche la carte que j'ai fini de peindre au bord de la fenêtre de l'ancienne infirmerie pour la laisser sécher jusqu'au grand jour.

Malgré mon expérience dans ce domaine, la préparation du banquet est toujours une corvée. Ma cousine a offert de s'en charger, car elle a l'habitude de cuisiner de grandes quantités, mais j'ai immédiatement rejeté cette suggestion.

— Le rôle de la mère du marié, c'est d'être bien habillée et de sourire à tout le monde, non ?

Sitôt qu'elle l'avait accepté, elle a eu l'air inquiet et m'a dit qu'elle ne savait pas comment bien s'habiller. Je lui ai promis de lui prêter une des deux robes chics que je possède (celles portées alternativement pour la cérémonie d'entrée à l'école maternelle et pour la remise des diplômes). Les quelques vêtements qu'elle a sont tous décolorés ou déchirés aux genoux à cause de sa recherche des instruments.

— Je vais demander à l'ancienne coiffeuse de s'occuper de tes cheveux, ne t'en fais pas !

— Vraiment ?

— Oui.

— Si possible, j'aimerais bien qu'elle me fasse une teinture pour cacher mes cheveux blancs…

— Okay.

Ma cousine a enfin eu l'air rassuré.

Le plat principal serait des crevettes et du veau. Et le dessert, ces cupcakes pour lesquels l'ancienne école maternelle est célèbre depuis toujours. Un gâteau de mariage spécial, un cupcake qui tient sur la paume de la main, décoré de crème fouettée, de sucre glace et de mini-perles en sucre argenté, avec au sommet des poupées de mariés fabriquées avec des cure-dents et du papier de couleur. Personne ne s'est jamais plaint de leur taille minuscule. Tout le monde aimait les cupcakes de l'ancienne école maternelle.

L'ancienne cuisine n'était jamais aussi animée qu'au moment d'un mariage. Au point qu'il n'est pas exagéré de dire que c'était sa raison d'être. Aucune crainte à avoir même avec cinquante ou soixante invités. D'ordinaire, je ne me sers que d'une petite partie de la cuisine, mais l'excitation propre à un mariage s'y sentait dès que je poussais les manettes du gaz à fond. Comme si résonnaient au loin les cris des enfants.

Le four était assez puissant pour garantir qu'un nombre de crevettes correspondant à celui des invités puissent parfaitement y griller en une seule fournée, et le plan de travail assez vaste pour y couper le rôti de veau en tranches. Une fois donné un coup de chiffon, l'évier et la cuisinière étaient propres. Une grande marmite pour y cuire la soupe, un énorme saladier et un fouet tout aussi imposant pour préparer la sauce de salade, des tiroirs remplis de couteaux, fourchettes et cuillères, même s'ils étaient en plastique bon marché. Tout ce qu'il fallait était là. Les moules à cupcakes empilés au fond des étagères, de la couleur de l'ambre à cause du beurre dont ils étaient imprégnés, preuve qu'ils avaient déjà beaucoup servi, sentaient très bon quand j'en approchais mon visage.

Le temps ce jour-là était splendide. Il n'a jamais plu un jour de mariage. Le soleil illuminait l'école maternelle, les équipements de jeu, la piscine au fond fissuré et la galerie couverte. Les rideaux et les fenêtres de l'auditorium étaient ouverts, et les étagères d'ordinaire plongées dans la pénombre étaient exposées au soleil. Les boîtes-vitrines qui bénéficiaient de la lumière naturelle, et non de celle des bougies, étincelaient, comme pour célébrer le grand jour. Une légère brise soufflait parfois, à peine perceptible, et les pétales des bouquets de fleurs disposés çà et là sur les étagères vibraient légèrement.

La boîte en verre du fils de ma cousine avait été transportée par M. Baryton en début de matinée, de sa place à l'estrade, sur le pupitre de la directrice de l'école. Les tables destinées aux invités étaient disposées sur un rang, du côté jardin au côté cour. L'amidon raidissait nappes et serviettes, les fleurs cueillies dans la cour étaient encore humides de rosée. Le rideau était soigneusement relevé pour ne pas gêner, le panneau qui servait d'arrière-plan au *Navet géant* était de sortie, l'harmonium était ouvert de manière à pouvoir être utilisé à tout moment.

La boîte qui tenait aujourd'hui le rôle principal était décorée comme il se doit de rubans dorés noués sur le dessus, leurs bouts ondulant de part et d'autre. L'image des mariés était placée au fond, au milieu, comme si elle veillait sur les preuves qu'il y avait grandi. Dans le soleil qui éclatait sur le verre, les contours des mariés coulaient, les motifs de la dentelle devenaient encore plus fin, et la masse de lumière semblait presque ne chercher qu'à les rapprocher.

Les petits oiseaux qui voletaient dans les branches des ginkgos ont annoncé le début de la cérémonie. Ils sont très intelligents et savent exactement quand elle commence. Au signal donné par le soleil filtré par les branches d'arbre, qui se mêlait aux battements d'ailes et aux gazouillis, j'ai posé mes doigts sur les touches de l'harmonium.

Tous les invités sont là. M. Baryton, l'ancienne coiffeuse, la patronne de la blanchisserie, M. Carie, les propriétaires de boîtes en verre… Ils remplissent la scène, si bien qu'on ne distingue pas nettement les gens du côté cour depuis le côté jardin.

Ma cousine est assise sur une chaise en face de sa boîte, au premier plan de la scène. Ses cheveux teints et permanentés relevés en chignon lui vont très bien. La robe est seyante sur elle, rien n'indique que ce n'est pas la sienne. Cachés par la nappe, ses talons aiguilles dont elle prend grand soin brillent, parfaitement cirés. Aujourd'hui, elle ne va ni se servir de sa bicyclette ni grimper sur la colline ou faire le tour des limites de sa carte, et ses chaussures élégantes conviennent à merveille. Mais lorsqu'elle ne sait plus comment se tenir pour une raison ou une autre, qu'elle a une bouffée d'émotion, je remarque, depuis l'harmonium devant lequel je suis assise, qu'elle se rassérène en posant les yeux sur la boîte-vitrine.

Les mets recouvrent la table, comme prévu. J'ai commencé les préparatifs au matin du jour précédent, dans l'ordre, et les ai terminés selon le planning. Les crevettes dégagent un agréable fumet, le rôti de veau baigne dans une sauce brillante, les légumes d'accompagnement sont abondants. Les boissons attendent que leur tour arrive dans des seaux à glace. Chacun pourra boire et manger à satiété.

Le gâteau de mariage est, en toute modestie, très réussi. Assez humble pour tenir dans la boîte en verre, mais splendide comme il convient à un banquet de noces, il est l'objet des regards enthousiastes des convives. Moelleux grâce à la température un peu plus élevée que la normale à laquelle j'ai fait fondre le beurre, si bien cuit que les poupées en cure-dents qui l'ornent ne l'ont pas fait se fendiller. Perchées au sommet du gâteau, elles rougissaient d'être au centre de l'attention.

Je joue de l'harmonium. La musique qui accompagnait le spectacle annuel, la chanson que chantaient les élèves, la mélodie que m'a fait entendre M. Baryton, le carillon de l'heure de la mairie. Tout en faisant attention à ce que le niveau sonore ne gêne pas les conversations des invités, je joue sans interruption. Les doigts sur les touches, je parle avec eux, et bois du champagne. De temps en temps, pour que je n'aie pas faim, M. Baryton enfourne une crevette dans ma bouche. Je ne me préoccupe pas des touches qui au lieu de produire un son ne font entendre qu'un souffle. Il n'y a pas d'instrument plus adapté à l'auditorium que cet harmonium au clavier incomplet.

Les invités bavardent et mangent dans un brouhaha ininterrompu ; ils ne cessent de parler, penchés en avant, même lorsqu'ils quittent leur siège, rient, ou remplissent leurs assiettes d'un nouveau mets. Ils lèvent leurs verres en se tournant vers la boîte-vitrine, et trinquent à répétition. Leurs assiettes se vident. M. Baryton qui suit tout des yeux se lève discrètement pour aller chercher la suite.

Les invités sont tous aussi bien habillés que ma cousine. Grâce à la patronne de la blanchisserie, leurs vêtements fraîchement lavés paraissent neufs. L'ancienne coiffeuse n'a pas seulement coiffé ma cousine, mais tous les convives. Pour elle qui a dans son répertoire une variété infinie de styles, cela n'a posé aucun problème de faire en sorte qu'aucun n'ait le même. Ses mains ne font pas de différence entre les cheveux des vivants, des poupées des boîtes, et des morts.

Dans la cour remplie de lumière, même la rouille des équipements de jeu brillait, et le soleil qui filtrait à travers les branches des ginkgos projetait une ombre changeante. Le calme qui régnait à l'extérieur faisait contraste avec l'animation de l'auditorium. Même en plissant les yeux, on n'apercevait personne pousser les lianes accrochées au portail et écarter la végétation pour venir ici. Tous les gens qui devaient être présents étaient là.

De la scène, on voyait toutes les boîtes. Celles qui étaient ici depuis longtemps, celles qui venaient d'arriver. Pleines à craquer pour certaines, presque vides pour d'autres. Elles qui autrefois contenaient des spécimens empaillés, ou gisaient, abandonnées, dans la cave du musée… Je savais d'où chacune venait. Toutes offraient un lieu où un enfant mort pouvait grandir.

Soudain je suis arrivée à la fin de tous les morceaux que je connaissais. Comme la fête n'était pas terminée, je suis revenue au premier d'entre eux. Personne ne l'a suggéré, mais chaque convive a spontanément voulu exprimer ses félicitations. Une personne a fait un tour de magie en transformant une fleur artificielle en canari, une autre une démonstration de claquettes. Une troisième a lu le passage sur le bébé dans le landau de la biographie de l'artiste des boîtes, un livre que toute la ville a lu et relu, et une quatrième, un bref discours, non sans timidité mais avec une grande sincérité.

M. Carie s'est servi de la fraise qu'il avait apportée de son atelier, et a sculpté à l'improviste des bouts de bois du lit asséché de la rivière.

— Dites-moi ce que vous voulez que je fasse !

Il portait sa blouse blanche. Les bouts de bois avaient à peu près la taille de ceux des lyres.

— Une sirène !

— Une locomotive !

— Un château !

Sitôt qu'il l'entendait, M. Carie appuyait sur la pédale et commençait à sculpter le bois sans ébauche préparatoire. Les copeaux qui volaient du bout de la fraise retombaient doucement sur la scène en tourbillonnant. On le regardait et il nous semblait tout à coup que le bout de bois prenait la forme souhaitée. Tout était reproduit jusqu'aux écailles de la queue de la sirène, l'emplacement des roues de la locomotive, et les fenêtres des tours du château.

— Une carte !

Quelqu'un assis côté jardin, dont je ne distinguais que la forme du visage, a fait cette demande. Il a fallu à M. Carie un peu plus de temps que pour la sirène, la locomotive et le château, mais pas assez pour qu'on s'ennuie, car le mouvement de ses doigts était encore plus habile, et son maniement de la pédale encore plus complexe. Les sons du moteur et de l'harmonium étaient en accord. Le canari qui s'était sagement posé sur le dos de la chaise du magicien a ajouté un ou deux gazouillis plaisants. Plus personne ne mangeait ni ne buvait, tous les regards étaient fixés sur la pointe de la fraise.

— Eh bien…

M. Carie a levé le pied de la pédale, posé la fraise et soulevé l'ouvrage terminé. La rivière coule, la colline se dresse, les ruines de l'ancienne maternité s'entassent au terminus du chemin de fer. Le parc municipal, l'ancien musée d'histoire locale, et l'ancienne école maternelle sont là. L'auditorium se dresse dans un coin de la cour. Toute la ville tient dans la main de M. Carie. Il souffle sur les quelques copeaux qui restent encore. Sa posture sérieuse, appropriée au créateur de la ville, suscite un bourdonnement enthousiaste.

La patronne de la blanchisserie a ensuite fait un grand soleil sur la barre en fer.

— Veuillez regarder du côté opposé à l'entrée !

Comme M. Baryton avait coupé les buissons qui obstruaient la vue, on voyait les agrès depuis l'estrade.

La patronne a changé de tenue. Sa chemise blanche avec la tétine en pendentif et son pantalon bleu marine convenaient à ses exercices à la barre en fer. Elle paraît plus lointaine d'ici que de la salle des maîtres d'où je la regarde d'ordinaire, mais une fois qu'elle a commencé à faire le grand soleil, la distance s'est effacée. J'entendais presque le grincement de la barre.

Le problème de la taille de la patronne et de la hauteur de la barre n'est pas plus résolu, mais elle tend bras et jambes, et la tétine dessine un cercle concentrique à celui du bout de ses ongles. Parce qu'elle est plus loin, j'ai l'impression que la densité du cercle est plus grande, et que le lieu géométrique est plus précisément défini. Une brise fraîche qui donne envie de respirer profondément souffle comme pour marquer le rythme de ses tours. Tout en suivant des yeux l'extrémité de ses doigts, chacun ressent un bonheur étrange face à cette association des deux cercles qui évoquent l'éternité à la courte ligne transversale qui flotte dans l'espace. Nous nageons dans un sentiment parfaitement en accord avec à un mariage. Bien que nous ne sachions pas si elle peut les entendre, nos applaudissements enthousiastes la saluent.

Le tour de M. Baryton arriva en dernier. Nul besoin de préciser qu'il chanta. Tout le monde s'en réjouissait d'avance. C'est la première fois que je l'entendais chanter pour chanter et non pour parler, et j'étais très tendue. La lourde responsabilité de l'accompagner m'incombait, j'avais les doigts tremblants.

Contrairement à l'embarras qu'il montrait d'ordinaire à faire entendre sa voix, il n'était pas le moins du monde intimidé. Il s'est levé posément, a fait du regard le tour des tables, s'est tourné vers la boîte-vitrine, montrant que c'était pour lui un honneur de saluer le départ dans la vie des mariés. Puis, comme nous en étions convenus, il a cligné des yeux pour me dire de commencer à jouer.

Il avait choisi une vieille mélodie. Qu'il chantait dans une langue qui nous était inconnue, mais sitôt entendue la première note, nous avons oublié de nous préoccuper du sens des paroles, captivé par sa voix. À condition de l'écouter, chacun comprenait que sa chanson souhaitait le bonheur de ces êtres faibles et si lointains. Je n'avais pas besoin de regarder la partition, mes doigts glissaient d'eux-mêmes sur les touches.

Planté sur ses jambes, M. Baryton bombe le torse, les yeux tournés en oblique vers le ciel devant lui. Il ne voit plus que les deux mariés. Sa voix imprègne entièrement l'air, non comme si elle tombait glorieusement du ciel, ni d'une manière oppressante comme si elle cherchait à faire trembler le sol. Elle venait sans aucun doute des lèvres de M. Baryton mais chacun d'entre nous était sous l'illusion qu'elle jaillissait comme une source de l'intérieur de nous-mêmes, du fond d'une masse paisible. Nous avions tous posé nos verres et nos couverts pour ne pas perdre une seule note de son éclat. Même le canari en oubliait de gazouiller.

Ah… la voilà, la voix de M. Baryton que j'appelle de mes souhaits depuis toujours, me suis-je dit. Celle qui signifie que nous nous trouvons dans un lieu où nos corps sont encore plus proches l'un de l'autre, quand nous transportons des boîtes-vitrines dans la poussette multiplace, quand nous regardons ma cousine chercher son instrument, quand je lui lis les lettres dans la cour de l'école maternelle.

L'intérieur de l'auditorium est rempli de sa voix. Elle jaillit et jaillit encore et encore sans lui causer aucune peine, dans un calme absolu. Plus la mélodie monte, plus nos poitrines s'en emplissent. Tout M. Baryton est dans sa voix. Débarrassée du superflu, sa voix la plus essentielle s'offre au jeune couple. Nous sentons que nos souhaits portés par sa voix parviennent dans la boîte en verre.

Où se sont envolés les petits oiseaux qui avaient annoncé ce matin le début de la cérémonie ? Les branches des ginkgos, la barre de fer qui a fini de jour son rôle, la balance qui penche. Tout ce qui se trouve dans la cour de l'école est silencieux. Haut dans le ciel, le soleil brille plus fort encore.

J'appuie sur les pédales et joue le dernier accord. Même lorsque le son baisse, la dernière note de M. Baryton résonne longtemps, et s'éloigne comme à regret, sans direction précise, en faisant trembler le ciel. Un copeau tournoie à ses pieds. C'est le signal de la fin.

Personne ne pense à applaudir, chacun retient son souffle comme pour chercher dans le silence la trace de sa voix. Aucun d'entre nous ne sait s'il se trouve dans le silence ou s'il est enveloppé par son chant, puis nous prenons conscience que la différence entre les deux est minime. M. Baryton salue. Au sommet du cupcake, les poupées en cure-dents sont tout ouïe.

Ma cousine ferme les yeux. Je vois les lobes lisses et blancs de ses oreilles. Je devine que derrière ses paupières fermées, elle voit son fils. Pendant l'intervalle avant les applaudissements, l'auditorium est rempli de la même absence de bruit que les boîtes en verre.

Le lendemain du mariage, des gens sont venus à l'auditorium pour la première fois. Un couple d'âge mûr, affable. L'homme portait un costume noir avec une cravate de la même couleur, et la femme une robe noire aussi.

L'auditorium avait retrouvé son aspect habituel. J'avais débarrassé les fleurs fanées, le décor du *Navet géant* était encore sur la scène, mais le couvercle de l'harmonium était rabattu. L'odeur des plats avait disparu, mais j'avais choisi une bougie au parfum de cupcake parce que je me disais que ce serait mieux.

Penchés en avant, épaule contre épaule, les époux ont regardé longtemps la boîte en verre que j'avais apportée de la réserve avant leur arrivée et placée sur un espace vide de l'une des étagères. Non pas pour évaluer sa capacité, ni pour réfléchir à ce qu'ils allaient y mettre, mais en la scrutant de toute leur attention. Leurs prunelles étaient d'un vide absolu, comme la boîte en verre.

— Euh…

— Ça, c'est…

— Ah oui…

— Donc…

Ils ont fini par tenter de se parler, mais ont sombré tous les deux dans le silence avant d'arriver à des mots.

— Cette vitrine était installée dans la section de l'époque des anciens tumulus.

J'ai rompu le silence qui se prolongeait parce que j'avais le sentiment de leur devoir des explications.

— Dans la première salle, dont l'entrée se trouvait derrière le mammouth.

Je savais que beaucoup des visiteurs de l'auditorium souhaitent savoir ce qui était exposé dans leur boîte dans l'ancien musée d'histoire locale, et que cette information, quelle qu'elle soit, leur procure un certain réconfort.

— Des objets extraits d'un tumulus y étaient exposés. Un tumulus rond d'une famille qui régissait l'aval de la rivière, à la fin du VIe siècle.

Ils n'ont ni hoché la tête ni posé de question. Les époux se sont serrés encore plus l'un contre l'autre. Il n'y avait plus de frontière entre eux, le noir de la cravate et celui de la robe avaient fusionné, leurs regards étaient liés sur un point du verre.

— Il y avait un miroir, des chaînes de harnais, une clochette en argent, des boucles d'oreilles… Que des belles choses. On avait presque du mal à croire que ces objets étaient destinés à un mort d'autrefois que personne ne rencontrerait plus jamais.

Ils ont peu à peu approché leur visage de la boîte, et leur respiration a formé un cercle de buée sur le verre. Ils étaient si proches l'un de l'autre que leurs deux profils se confondaient. On aurait pu dire qu'ils n'avaient qu'une seule ombre. Un instant, en même temps qu'une oscillation de la flamme de la bougie, l'homme est devenu l'ombre de sa femme, et l'instant suivant, le contraire s'est produit.

— Cette vitrine du musée local qui a servi de substitut de cercueil va maintenant devenir une boîte où grandira un enfant mort.

Ma voix n'a fait que traverser la boîte en verre.

La lumière qui filtrait par les interstices des rideaux a perdu de sa clarté, et la pénombre qui s'étendait à partir de l'arrière de l'estrade a avancé jusqu'à atteindre l'étagère la plus proche. La boîte du fils de ma cousine et toutes les autres, chacune à la place qui leur avait été assignée, ont disparu afin de ne pas gêner. Le regard des époux était encore posé sur la cavité de la leur. Comme s'ils croyaient qu'en continuant à la fixer ainsi, leur enfant allait apparaître.

Avaient-ils décidé d'avance du moment ? Soudain ils ont tendu les bras en même temps, et ont fait ramper leurs index sur la surface de la boîte. Au début, ils tremblaient tant ils étaient tendus puis ils sont graduellement devenus plus souples, plus intimes, en s'accoutumant à la fraîcheur du verre. Mais à aucun moment ils ne se sont montrés insistants. Leur retenue était profonde, comme s'ils se posaient une question, comme s'ils se demandaient s'ils pouvaient vraiment faire de cette boîte celle de leur enfant.

Leurs doigts se sont croisés, et en se touchant, se sont déplacés sans hâte vers la partie la plus éclairée par la bougie, en bas à gauche, lentement, irrégulièrement. Les deux doigts se répartissaient le mouvement. La courbe caressante est devenue une vague, a formé un cercle, s'est séparée en deux lignes droites, a fait naître différents angles pour redevenir ensuite une courbe.

Je n'avais plus besoin de parler. Personne n'attendait de paroles. La lumière de la bougie oscillait en vain et je n'avais qu'à suivre des yeux leurs doigts en silence, pour ne pas gêner leur vision.

L'extrémité sèche de leurs doigts n'a laissé aucune empreinte sur le verre, mais grâce à la bougie qui le teintait, j'ai eu l'impression de voir un lieu géométrique. Au début, j'ai pensé que ce devait être le nom de l'enfant. C'est la seule chose que je pouvais m'imaginer qu'on écrive sur la boîte. Mais j'ai vite compris qu'il ne s'agissait pas de caractères. Une formule mathématique que personne ne savait résoudre, un motif régulier, un graffiti innocent… Ce n'était rien de tout cela. Mais une forme innommable, qui avait perdu son sens parce qu'elle était beaucoup plus réfléchie que des caractères, qu'elle était la seule autorisée pour communiquer avec les morts. C'est ce que les époux continuaient à dessiner sur la boîte.

RÉFÉRENCES

Robert Walser, *Sakuhinshū* [Œuvres choisies], volumes 1 à 5, traduction F. Hintereder-Emde, Wakabayashi Megumi, éditions Chōeisha, Tokyo, 2010.

Deborah Solomon, *Utopia Parkway: The Life and Work of Joseph Cornell*, Farrar, Straus and Giroux, New York, 1997.

Danilo Kiš, *Wakaki hi no kanashimi* [Chagrins précoces], traduction du serbo-croate en japonais de Kayoko Yamasaki, éditions Tokyo Sōgensha, 2013.

Alexis Tolstoï, *Okina Kabu* [Le Gros Navet], Fukuinkan shoten, Tokyo, 1966.

REMERCIEMENTS

Je remercie du fond du cœur Takemi Torii, alors chercheur à l'Institut de recherches religieuses de l'université du Tōhoku, qui m'a accompagnée pendant mes voyages d'études et m'a donné de précieux conseils, et Ryūta Imafuku, qui a eu la bienveillance de me fournir ma source d'inspiration.

DU MÊME AUTEUR CHEZ ACTES SUD

LA PISCINE, 1995.
LES ABEILLES, 1995.
LA GROSSESSE (prix Akutagawa), 1997.
LA PISCINE / LES ABEILLES / LA GROSSESSE, Babel n° 351.
LE RÉFECTOIRE UN SOIR ET UNE PISCINE SOUS LA PLUIE suivi de *UN THÉ QUI NE REFROIDIT PAS*, 1998 ; Babel n° 833.
L'ANNULAIRE, 1999 ; Babel n° 442.
HÔTEL IRIS, 2000 ; Babel n° 531.
PARFUM DE GLACE, 2002 ; Babel n° 643.
UNE PARFAITE CHAMBRE DE MALADE suivi de *LA DÉSAGRÉGATION DU PAPILLON*, 2003 ; Babel n° 704.
LE MUSÉE DU SILENCE, 2003 ; Babel n° 680.
LA PETITE PIÈCE HEXAGONALE, 2004 ; Babel n° 800.
TRISTES REVANCHES, 2004 ; Babel n° 919.
AMOURS EN MARGE, 2005 ; Babel n° 946.
LA FORMULE PRÉFÉRÉE DU PROFESSEUR, 2005 ; Babel n° 860.
LA BÉNÉDICTION INATTENDUE, 2007 ; Babel n° 1100.
LES PAUPIÈRES, 2007 ; Babel n° 982.
LA MARCHE DE MINA, 2008 ; Babel n° 1044.
LA MER, 2009 ; Babel n° 1215.
ŒUVRES, tome I, coll. "Thesaurus", 2009.
CRISTALLISATION SECRÈTE, 2009 ; Babel n° 1165.
LES TENDRES PLAINTES, 2010 ; Babel n° 1268.
MANUSCRIT ZÉRO, 2011 ; Babel n° 1570.
LES LECTURES DES OTAGES, 2012 ; Babel n° 1754.
LE PETIT JOUEUR D'ÉCHECS, 2013 ; Babel n° 1340.
PETITS OISEAUX, 2014 ; Babel n° 1507.
ŒUVRES, tome II, coll. "Thesaurus", 2014.
JEUNE FILLE À L'OUVRAGE, 2016 ; Babel n° 1609.
INSTANTANÉS D'AMBRE, 2018 ; Babel n° 1668.

OUVRAGE RÉALISÉ
PAR L'ATELIER GRAPHIQUE ACTES SUD
ACHEVÉ D'IMPRIMER
SUR ROTO-PAGE
EN JANVIER 2022
PAR L'IMPRIMERIE FLOCH
À MAYENNE
POUR LE COMPTE DES ÉDITIONS
ACTES SUD
LE MÉJAN
PLACE NINA-BERBEROVA
13200 ARLES

DÉPÔT LÉGAL
1re ÉDITION : FÉVRIER 2022
N° impr. : 99869
(Imprimé en France)